河出文庫

人生はこよなく美しく

石井好子

JN251124

河出書房新社

目次

人生はこよなく美しく

何でものせて食べるパンケーキ

三年間ヨーロッパで家庭料理の取材をしたが、今年からは日本で取材をすることになった。世の中には食べることに無頓着な人と熱心な人とがいる。これから毎月登場していただくのは、どうせ食べるのならおいしく食べたい、そのためには自分で作るよりほかはない、という境地に達したかたたちである。

今月の石室ミエコさんは、古くからの友人である。彼女を訪れると、実に素早く、ちょこちょこっと何かおいしいものを作って食べさせてくれる。

「ちょっと待っててね」といなくなり、一五分もするとふわっと焼けたできたてのお菓子を持って現われる。

「今焼いてきたの」とあたりまえの顔で言われる。お料理をすることが喜びで、ちっともめんどうくさがらないすてきな奥さまである。

このような特別に料理のうまいミセス、奥方には任せられないと台所に立つご主人、料理好きが嵩《こう》じてレストランを開いたものの、家ではレストランで出さない家庭料理を作っているかたなどのご自慢料理をご紹介していくことにする。

石室さんのお宅はマンションの八階で、いいながめだ。広々とした間取り、クラシックな家具、グランドピアノの上にはバイオリンが置いてあって優雅なふんいきであった。

★そば粉入りのパンケーキ

居間のちょうど裏側が細長い台所で、その横に家族のための小さくかわいらしい食堂がついていた。

「軽いお昼食や音楽会へ行った後などの夜食によく作る、そば粉入りのパンケーキを作りましょう。それにいろいろなものをのせて食べるの。ロシアでは、ブリニというパンケーキに、キャビアとサワークリームをのせて食べるでしょう。キャビアやスモークトサモンはお高いから、ふだんはそば粉入りのパンケーキになすのキャビア風、さけも市販のに手を加えて出すのよ。そのほか私流に工夫したものを作りましょうね」ということで台所へ入った。

私はパリでロシア人の家に下宿をした時、このなすのキャビア風をマダムがよく作

ってくれ、好物だった。なすなのにキャビアのような味がするのである。その作り方を教わることができると思うとほんとうにうれしかった。

パンケーキのためには、なすのキャビア風、さけの小かぶ添え、にしんの塩づけ、しめじのクリーム煮、それにイクラ、スモークトサモン、野いちごの煮たものがつき、バターソースとサワークリームが出た。

そのうちの好きなものを各自パンケーキの上に取り分けていただく楽しい食卓であった。ちょっとロシア風なのは、昔ハルビンに住んでおられたせいだろうか。

●さけの小かぶ添え

塩ざけを使い、甘塩の場合は少し塩をふる。月桂樹の葉、ディル（スーパーマーケットで売っている）、からしの種などをふりかけてから重しをしておく。食べるとき薄切りにして周りにかぶを飾った。かぶは、皮をむき茎を少しつけたまま半分に切る。塩、こしょう、ディルをふりかけ、酢にくぐらせてでき上りである。

「赤い小かぶはきれいだけど高いでしょう。普通のかぶでもけっこうおいしいのよ」と言われたが、確かにそのとおりだった。

●にしんの塩づけ

頭を落として三枚におろし、塩を多めにふり、一枚一枚ラップフィルムに包んで冷蔵庫に入れておく。二週間くらいすると食べごろになる。いただく前に冷水につけて塩を取り、六つくらいに切って輪切りの玉ねぎをのせる。更に、からし、サラダ油、酢、こしょう（塩は入れない）を混ぜたマスタードソースをかける。西洋おさしみのようなもので、これもとてもおいしい。

●なすのキャビア風

材料はなす三個、玉ねぎ半個、ピーマン大一個（小二個）、レモン半個、トマトケチャップ大さじ二〜三、オリーブ油（サラダ油）大さじ三〜四、塩、こしょう。

なすは皮ごと黒焦げになるまで焼く。皮をはぎ取り、包丁でたたいてとろとろにする（たたきすぎる心配はない）。なべにオリーブ油を入れ、みじん切りにした玉ねぎ、ピーマンを入れていため、その中になすを入れて更にいためる。

塩こしょうして、レモンのしぼり汁、ケチャップを入れて味を調え、よく混ぜ合わせたら、深めの皿に入れておく。これはすぐにでも食べられるが、一日おいたほうが味がしみておいしい。

食卓に出すときはお皿にあけ、ナイフの背で押してちょっと形をつけた。これはキャビアの味に似ていて、それなのに野菜なのだからびっくりしてしまう。私は大好きだが、皆さまにもぜひ試していただきたいものである。パンケーキでなくとも、トーストパンにもよく合う。

●しめじのクリーム煮

温かい一皿として作ったクリーム煮も、「私の作り方雑でしょう」と夫人は笑ったが、手際よく手早くでき上がった。家庭料理は何が何グラム、ソースはまずバターをよくとかし、などというふうにあまりきちょうめんに考えないほうがいい。作りなれれば自分流で、上手に手早く作れるようになるものだ。

「しめじは一年中安く手に入るし、おいしいから」ということだったが、もちろんマッシュルーム、生しいたけでも作れる。

材料はしめじ三袋、玉ねぎ一個、サワークリーム、バター、小麦粉、塩、こしょう。深なべにバターをとかし、玉ねぎのみじん切りをしんなりするまでいためる。洗っておいたしめじを入れ、塩こしょうして更にいためる。

その中に、小麦粉大さじ二をぱらぱらとふり込んで火を通し、更にサワークリーム大さじ山三、四杯を入れて混ぜ合わせると、とろっとしたクリーム煮ができ上がる。これもやわらかいクリームとしめじの味がおいしく、何回もおかわりをしてしまった。

●パンケーキ

パンケーキはずいぶん凝った作り方をしているだけに、もたつかない軽い口当りであった。こんなところに夫人の料理への心がある。めんどうなかたは簡単なパンケーキを焼かれてもいいが、もしやってみる気をおこして石室夫人流に作られたら、その違いに感激されることだろう。

生のイースト約一五グラムを1/4カップの温水に溶かして三、四分おく。小麦粉一カップ、そば粉1/2カップ、温かい牛乳3/4カップを混ぜ合わせ、その中にイーストを入れる。更に1/2カップのそば粉を加えて約二時間ねかせておく。

卵二個を黄身と白身に分け、パンケーキだねの中にまず黄身のみを入れ、砂糖大さじ一、塩小さじ1/2、とかしバター大さじ三を入れて混ぜ合わせる。そこに泡立てた白身を加えてさっくりと合わせる。

フライパンに玉じゃくしで半分ぐらいずつ流し入れ、両面こんがりと焼く。ホットケーキなどを焼くときと同じで、片面焼いているときぷつぷつと表面に泡立ってきたらひっくり返す。

★ロールケーキ

「一般的にケーキは粉が多すぎるでしょう。これは小麦粉をたった大さじ一杯半しか入れないのよ」と言われたときは、そんなケーキってあるのかしらと思った。

材料は小麦粉大さじ$1\frac{1}{2}$、かたくり粉同量、ココア大さじ二、砂糖大さじ八、卵三個、バター、ブランデー、パウダーシュガー、別に生クリーム一袋と砂糖大さじ三、バニラエッセンス。

まず卵は黄身と白身に分けておく。黄身の中に砂糖を入れ、混ぜていると白っぽくなる。その中に小麦粉、かたくり粉、ココアを入れてよく混ぜ合わせる。そこへよく泡立てた白身を混ぜ、さっくりと合わせる。

薄い細長い焼き皿にパラフィン紙を敷き、その上にバターをぬり、ケーキだねを薄く流し込む。あたためておいた天火に入れて一二分焼く（焦げ目はつかなくても中まで火が通ればいい）。

焼いている間に生クリームと砂糖を泡立て器で混ぜ、バニラエッセンスを少々たらし、やわらかい白いクリームを作っておく。

まな板にケーキより大きめのパラフィン紙を敷き、パウダーシュガーをふった上に焼けたココア色のカステラを裏返してあける。表面に焼けたパラフィン紙がくっついているので丁寧にはがし、ブランデー少々をふりかける。生クリームをのり巻きの具のように表面の$\frac{2}{3}$にたっぷりとのせ、くるくると外側のパラフィン紙ごと巻き込み、両端をねじっておく。パラフィン紙をすのこと思えばいい。

しばらく冷蔵庫に入れてからパラフィン紙を取り除いたら、ところどころに白いパウダーシュガーのかかった茶色のロールケーキが出てきた。三センチほどの幅に切ると、切り口は茶色と白になる。

「食べてみる?」と言われて、食事前なのに思わず手を出してしまった。ほんのりとブランデーの香りが漂い、口の中でとろっととけたそのケーキのおいしかったこと、辛党の私ですらおいしいおいしいと夢中で食べたのだから、お菓子の好きなかたにはこたえられないだろう。

「主人がバイオリンを弾くので毎週一度合奏のお相手が集まるの。そんな時、皆、喜んで食べてくれるのよ」「今羽田に着いたんですが、何か食べさせてくれませんか、なんて電話がかかったりするの」とうれしそうに言われたが、おいしいものを食べさせるためには疲れを感じないかたである。

「太ってるでしょう。太っているほうがスタミナがあるのよ」と笑われた。おいしいものを食べるために、買うために、ご自分で運転して軽く京都往復などやってのけるのだそうだ。

貿易会社の会長をされていたご主人は、飛行機の操縦とバイオリンを弾くのがご趣味。奥さまは料理を作り、食べるのがご趣味。なんとすてきなカップルだろう。あわただしい、いやなことの多い世の中だが、自分で楽しみを見いだして石室夫妻のような生活ができるようになりたいものである。

島津忠彦氏のうずら料理

「貴族院議員一〇年、参議院議員九年、勲二等島津忠彦氏」と書いたら、そのかたがなぜ料理と関係があるのかといぶかるかたも多いと思う。

ところがこの島津氏は、幼少のころより台所に入るのを最上の喜びとし、料理に心を奪われてきたかたなのである。議員のころでも週一回夫人がたを集めて料理を教え、友人を招くときは、朝四時起きで築地の河岸へ自ら買出しに行かれ、包丁をふるわれたそうだ。

そして現在は、島津クッキングサークルを開いて週三回は料理を教え、時々は夕食会を催して手料理で友人知己《ちき》をたのしませていられるのである。

三田東急アパートのクッキングスクールをお訪ねすると、壁には「食は上薬にして医薬は下薬なり」と書かれた色紙が掛かっていた。島津貴子さんの近親にあたられる氏は、七〇を少し越した、品のいいすてきなおじさまであった。

「やっと長年の望みがかなって、二年前から料理一筋に生きていけるようになりました」と言われたが、世が世でなければコックさんになって成功されたかたにちがいない。

「西洋、中華何でも作りますが、私は私の方式で作るので、日本人向きでしょうね。ですからいちばん得意なのは、やはり日本料理です」と言われた。

「堅苦しいしきたりは抜きにして作りたいので、懐石料理は〝懐石もどき〟と名乗って作ります」とも言われたが、品書きを拝見したら、本式以上のすばらしい取合せであった。

さて今日は欧風料理、はまぐりのスープ、うずらの詰め物洋酒煮、カリフラワーのグラタン、くりのシャンテリーというメニューである。

★はまぐりのスープ

はまぐりのスープの材料は、四人前として、はまぐり四〇〇グラム、水四四〇cc、チキンブイヨン四四〇cc、じゃがいも一個、玉ねぎ半個、セロリ一本、ピーマン半個、にんじん半本、サラダ油、バター少々。

はまぐりは水から煮て泡はすくい取り、貝がふたを開けきったらざるに上げ、汁は

こしておく。貝は冷たい塩水で振洗いした後、殻から出しておく。

野菜は約一センチの角切りにしておき、ピーマンは熱湯を通しておく。ピーマンを除いた角切りの野菜は、サラダ油とバターで色がつかないようによくいため、軽く塩こしょうをし、ブイヨンでやわらかくなるまで煮る。その中にはまぐりの煮汁を足し、味を調える。

深いスープ皿の中に、装飾用にはまぐりの貝殻一、二個を入れ、ピーマン、はまぐりの身を入れて、熱い野菜スープを注ぎ入れる。

★うずらの詰め物洋酒煮

材料は四人前で、うずら八羽、鶏のひき肉三〇〇グラム、鶏レバー八〇グラム、ブイヨン三カップ、ブランデー、マデーラワイン各一カップ、ベーコン四枚、鶏の皮少々、グリーンピース、トマトペースト、サラダ油、バター。

うずらは腹から縦に開いて中の骨をのどまで取り去る。

別にうずらの中に詰めるものとして、ひき肉を半量バターでいため、塩こしょうする。レバーは洋酒にしばらくつけておいた後バターでいため、トマトペースト、ブイヨン少々で味を調え、裏ごしをする。この鶏のひき肉バターいためとレバーの裏ごし、生の鶏ひき肉を混ぜ、よく練り合わせる。
うずらにうっすらと粉をまぶし、右のものをおなかに詰める。
切り口にベーコン、鶏の皮をはりつけるように置いてから、たこ糸で縛る。
「豚の網あぶらが手軽に手に入れられれば、それで包んでしまうのがいいのですけどネ」と残念そうに言われたが、ベーコン、鶏の皮で代用されているのには全く敬服した。

サラダ油にバターをとかし、うずらをこんがりいためる。深なべにブイヨン（固形スープでいい）、ブランデー、マデーラワインを入れ、その中にうずらを入れて一時間煮つめるようにしてとろ火で煮る。

いただくときはうずらのたこ糸をはずして皿に盛り、グリーンピースのバターいためを散らし、その上から煮汁をたっぷりかけた。付合せにはスパゲッティ、にんじんのグラッセが出た。

ほかに一品、カリフラワーのグラタンも作ってくださったが、これはゆでたカリフラワーを粉チーズ入りのホワイトソースであえたグラタンであった。

さすがと感じたのは、グラタン皿にカリフラワーを盛ったときで、私たちはえてしてグラタン皿の高さに平たく作るものだが、島津氏はカリフラワーをこんもり小山のように盛られ、その上からたっぷりのホワイトソースをかけたので、ボリュームが出、見た目が豊かになったことだった。

カリフラワーは、色よく仕上げるために小麦粉少々、レモン一切れを入れてゆでた。

★くりのシャンテリー

デザートはくりのシャンテリーだった。お菓子屋さんで売っているのを食べたことはあるが、「こういうものは自分で作ったほうがおいしいのですよ」と手際よくまたたく間に作ってくださった。

材料は、くり三五〇グラム、砂糖七〇グラム、生クリーム大さじ三、ブランデー大さじ一、バニラエッセンス、カステラ。飾り用として、生クリーム1|2カップ、砂糖大さじ二。

くりは皮のままゆでる。やれやれこれの皮をむくのかと思っていたら、包丁で二つに切り、裏ごしの上で指先でひねるようにしたら中身がぽろぽろと出てきた。残りは小さじでこそげ落とす。「あらまあ、これなら簡単だ」とびっくりした。

ゆでたてなので裏ごしもすいすいとできてしまう。この裏ごししたくりに砂糖、生クリーム、ブランデー、バニラエッセンスを入れ、火にかけてよくよく混ぜ合わせ、練り合わせる。

シャンペングラスに、厚さ二センチの円に切ったカステラを敷く（「ブランデーを少々たらしてもいいのですが、しつこくなるからやめましょうね」と言われた）。その上に練ったくくり少量を置き、別にお正月用に煮ておいたというくりのふくませ一個をのせたが、これはのせなくともいいのだそうだ。

残りの練ったくりは、絞り布に入れ、細く出てくるのをぐるぐるっと巻くように飾った。その上に砂糖入り生クリームの泡立てたのをちょんとのせてでき上り。しばらく冷蔵庫で冷やしてから召し上がってくださいと言われたが、市販のカステラばかり多いのとは違うほんとうのくりのシャンテリーであった。

美しい優しい奥さまと、ご主人のお料理をいただいた。

はまぐりのスープはあっさりした口あたりで、それでいてこくのあるおいしさだった。うずらもすばらしかった。おなかの詰め物は「フォア・グラの代用ですよ」と言われたが、鶏のひき肉とレバーとは思えない、なんともいえぬこってりしたいい味だった。骨が抜いてあるので食べやすかったし、うずらってこんなにおいしいものかと再認識した。

グラタンというと大げさに考えがちだが、カリフラワーのような野菜でグラタンを作る癖をつけなくてはいけないなとしみじみ思った。ホワイトソースとあっさりしたゆで野菜の取合せはとてもしゃれている。

また、私たち日本人は、西洋菓子といえば菓子屋で買うものと決めているみたいだ。くりのシャンテリー、このようなデザートは、ほんとうは自分で作らなくてはいけないと思う。作りおきもできるし、生クリームではなくアイスクリームをのせてもおいしいし、日本式に茶巾に絞ってもおもしろいだろう。

島津忠彦氏は「父に連れられて猟をした時に、獲物をばらして料理するのを見て覚えたのも料理をするきっかけになったと思いますが、やはりおいしいものを作って食べたいからですね」と言われた。私たちももっともっとおいしいものを作る努力をしなくては恥ずかしいと大いに反省させられた。

実質的で上等な財部式料理

財部《たからべ》元子さんは娘時代から料理が好きだったが、その気持ちが嵩じて、近年は人にも教えるようになった。

「デザートやお菓子を作るのが特に好きなので、洋菓子店へ一年間雇われて勉強したのよ」というほど料理道にとっぷりつかっている女性である。

財部彪海軍大臣といっても若いかたは知らないだろうが、山本権兵衛大将の娘婿で、共に日本海軍の元締めであった。その財部大臣の四男に嫁いでいる。ご主人はビジネスマン、娘さんは嫁ぎ、一人息子さんもすでに学校を出てお勤めをしている。

「このごろは疲れるから、月に一回のクラス四組、週一回のクラス一組しか教えていないの」と言われたが、非常に家庭的なユニークな料理教室である。

元子さんを私は昔から知っているが、物にこせこせしないゆったりした性格の人である。そのせいか、この日も何人かの生徒さんが手伝いに来てくれていたが、誠に楽しいふんいきだった。

先生なんて言わない。皆「おばちゃま」と呼び、ついでに私まで「好子おばちゃま」と呼ばれてしまった。

彼女の教え方は細かいことよりも、料理のこつを教える。材料の選び方も教える。おさしみを作る場合も魚の見分け方を教え、おさしみにした残りは決して捨てずに中華料理に使うというふうで、その日もひらめのグラタンを作った後、頭、えんがわ、中落ちなどは、お煮つけにしてくれた。

一月号の石室夫人もそうだったが、残り物は出さない主義だし、めんどくさい理屈は抜き、手早くおいしいものを作ることを、教えてくれる。

今日のメニューは、イタリア風チーズと卵とじのスープ、フランス風ひらめのグラタン・ポテト添え、春菊のサラダ、ひき茶のババロワと、日本風も取り入れたすてきなメニューであった。

★イタリア風チーズと卵とじのスープ

材料は約四、五人前として、身つきの鶏ガラでとったスープ八カップ、白ぶどう酒少々、固形チキンスープのもと二個、卵二個、パルメザンチーズ大さじ四、パセリみ

じん切り小さじ1/2、ナツメッグ、塩各少々、食パン角切り大さじ五、バター少々。

まず鶏ガラに水をさし、コトコト煮て、スープストックをとる。煮立ったらあくをすくい、鶏ガラを取り出してこす。味つけとして固形スープを入れ、白ぶどう酒で鶏の臭みを抜く。

卵は割りほぐし、チーズ、パセリ、ナツメッグ、塩を入れて混ぜ合わせ、煮立ったスープの中に入れる。スープ皿にバターでこんがりいため焼きにしたクルトン（食パン）を少々入れ、その上から卵入りのスープを注ぐ。

たいへんやさしくできるし、さっぱりしてはいるが、チーズの味が口においしい。誰にも好まれそうなイタリア風のスープだった。

★フランス風ひらめのグラタン・ポテト添え

材料は、ひらめ（またはかれい、舌びらめ）一・五キロ、エシャロット（またはわけぎ、ねぎ）みじん切り大さじ二、じゃがいも五個、バター、塩、こしょう、白ぶどう酒各少々。ほかにパルメザンまたはナチュラルチーズ粉。

ソースとして、バター大さじ三、小麦粉大さじ三、牛乳一カップ、卵の黄身一個、生クリーム1/3カップ、レモン汁小さじ一、塩、こしょう各少々。

ひらめは一匹尾頭つきをおろした。片身を縦二枚ずつにおろすことを、五枚おろしというのだそうだ。皮はしっぽをつかんで刃を入れ、皮を引っ張りながらそいだ。その一つを三つ切りにし、塩こしょうしておく。

平たいグラタン皿にバターをぬり、エシャロットのみじん切りを散らし、その上に魚をのせ、白ぶどう酒をひたひたにかけた（倹約したいかたは白ぶどう酒と水を半々でもいい）。

天火に入れ、魚に火が通ったら、焼きすぎぬうちに取り出す。汁が出ているので、それはなべに移して少し煮つめる。

厚なべにバターを入れて小麦粉を加え、中火で木じゃくしでかき回しながら、ゆっくりいためる。どろどろしているのが軽くなって、香りが出てきたら火から下ろす。そして魚の煮汁を約一カップ注ぐ。

「このようなルーやホワイトソースを作るとき、火の上で少しずつ牛乳や汁を注ぐ人が多いでしょう。でも同じくらいの熱さのものならざっと注いで大丈夫、だまはできないの。そして余熱でちゃんととろっとできるのよ」と言われたが、そのとおりになった。

その中に牛乳を入れ、混ぜた後、また火にかける。かき回していると、とろとろとすてきなルーができる。

その中に卵の黄身と生クリームを混ぜたものを入れ、更に火にかけるが、煮すぎないように、熱くなったなと思ったら火から下ろす。その中にレモン汁を入れ、塩、こしょうで味を調える。もし固いなと思ったら、とろっとした感じになるまで生クリームか牛乳を足すといい。

じゃがいもは、ゆでて皮をむき、一センチ幅に切っておく。グラタン皿にバターをぬり、ソース少々を落としその周りにじゃがいもを格好よくリングに並べる。

その真ん中に魚を置き、上からソースをまんべんなくかけ、粉チーズをふり、バターをところどころに置き、天火で表面がきつね色になるまで焼く。

「この中にからいりしたかき、芝えびなど入れると、もっとこくが出ておいしいのよ。じゃがいもも、マッシュトポテトにしてきれいに飾ったらいいかもしれないけど、私たち主婦は忙しいでしょう。あまり手をかけないで、おいしいもの作らなければ、めんどうになってしまうから簡単にするの」と言われたが、たしかにそうだ。

薄切りのじゃがいもはむしろほっくりとして、マッシュトポテトよりおいしいと思った。ソースの味はなめらかで品よく感激的であった。

★ひき茶のババロワ

材料は、卵の黄身六個、牛乳$2\frac{1}{2}$カップ、ゼラチン大さじ$2\frac{1}{2}$、生クリーム二〇〇cc、ひき茶大さじ三、グラニュー糖一五〇グラム、かたくり粉小さじ一、湯少々。

ゼラチンは燕印のAUというのが上質だが、ゼライスでもいい。

ひき茶は上質のものなら大さじ二でよく、上質でないものだと大さじ$3\frac{1}{2}$は入れたほうがいいということだった。

まず、ゼラチン粉は三倍の水でもどしておき、その間に牛乳とグラニュー糖はなべであたためておく。卵の黄身はかたくり粉少々を入れて混ぜておき、その中にあたためた牛乳を少しずつ入れ、更にゼラチンを入れて混ぜた後、火にかける。かき回しているとゼラチンがとけてくるので、煮立たぬ前に、熱くなったところで下ろす。

ひき茶はお濃茶（どろどろの濃い茶）くらいに湯でのばしておくが、これは茶道よろしく、茶せんで茶をつぶすようにしながら、かき混ぜてのばした。

このお濃茶を、牛乳とゼラチンを混ぜたものと合わせ、ガーゼでこす。

これを容器ごと氷を入れたボールの中に入れて、時々かき回していると、とろっとしてくる。それを下ろして、かために泡立てた生クリームを混ぜる（とろっとする前に生クリームを入れると、よく混ざり合わない)。

内側を水でぬらしたゼリー型に流し入れて冷やすが、急ぐからと彼女は冷凍庫に入れた。

冷蔵庫だと固まるのに三、四時間かかるが、冷凍庫だと一時間足らずで固まった。いただくときはゼリー型の外側にお湯をかけ、すっぽりとお皿にあけたが、ひき茶と生クリームの入ったうぐいす色が見た目に美しく、お茶の香りも高く、とてもとてもおいしかった。

春菊のサラダはやわらかい葉をちぎり、かりかりにフライパンで焼いたベーコンのくだいたのと、ゆで卵を散らし、フレンチドレッシング(酢二、油一、塩)であえた。

「春はたんぽぽの新芽で作ってもいいのよ」ということだったが、春菊もよかった。

「かたい葉はだめよ。サラダのためには、ちょっとかじってみるのよ。新しくてやわらかい葉を選んでね」と言われたが、それは、材質を見分けなくてはおいしいものは食べられない、というところに通じるのであろう。

パンはガーリックトーストだった。

「にんにくをすりおろすのはめんどうでしょう。私はこうするの」と言うのを見ていたら、バゲット(棒パン)を切り放さないように二センチ幅に刃を入れた。その間にバターをぬり込み、薄切りのにんにくを一枚一枚はさんだ。

「中にはめ込まないの。にんにくの端を外に出して焼いて、焼き上がったら、にんにくをふり落としちゃうのよ」

パセリのみじん切りも包丁三丁でまたたく間に作った。

誠に、合理的、実質的、そしておいしく、上等この上もなき料理を見せてもらい、私もいい勉強をさせてもらった。

進藤社長のコック・オ・バン

世の中には隠れたる名人というのが存在するもので、今月ご登場願った進藤次郎氏も、そのお一人である。

進藤氏は取扱高四一〇億円、従業員一四五〇名の広告代理店「大広」の社長である。元朝日新聞社に勤務されていたそうで、東南アジアはくまなく旅行されている。

「事件記者だったのですよ。僕はあなたが子どもだったころから知っていますよ。よくお父さんを訪ねてみえたでしょう」と言われた。父も戦前は朝日新聞に勤めていた。時たま夕食をおごってもらうために、母が子どもたちを連れて新聞社まで行ったことがあるからだ。

「では中華料理もお上手なのでしょう」と言うと、「中華料理がいちばん得意でしょうね。でも今は鶏の水たきに凝っているのですよ。スープのとり方にこつがあるのです」と秘伝を教えてくださった。

サイゴンをはじめシンガポール、上海などのおいしそうなお話を伺いながらの楽しい取材だった。

本社が大阪なので大阪と東京半々の暮しとのことで、東京のマンションには奥さまと日大芸術学部に通っている末娘涼さんが住み、大阪では独り暮しの由。

「私はこの人の料理を食べたことないんですよ。東京では私の作った田舎料理を食べてるんです」と夫人が言われたが、大阪では大いに腕をふるっておられる様子であった。

今日のメニューは、えびすり身の揚げ物、南国風サラダ、コック・オ・バン（鶏のぶどう酒煮）。

★えびすり身の揚げ物

この料理は大阪の名コックとして知られているレストラン「アラスカ」の飯田料理長から教えてもらったと言われた。これはオードブルなのだが、からしじょうゆをつけて食べたら中華風なご飯のおかずにもなる一品だった。

材料として、芝えび六〇〇グラム、玉ねぎ一個、レモン半個、かたくり粉大さじ山三、卵一個、揚げ油、アンチョビーソース（これはなくてもいい）を用意する。

芝えびは殻をむき、包丁で細かく切った後、包丁を横にねかせて身をつぶすように押す。すり鉢ですってもいいが、このようにしたほうがつぶれない身が残ってかえっておいしいそうだ。

この中にかたくり粉半量を入れ、卵を割り入れて指先でよく混ぜ合わせる。玉ねぎはみじん切りにして、これも残りのかたくり粉と混ぜる。これらを一緒にして塩、こしょう少々をふって更に混ぜ合わせる。

なべに油を熱し、手に油をぬってえびのだんごを作っては、両面こんがりと揚げる。だんごというより、小さい薄いハンバーグ形にし、真ん中によく火が通るように中央を少しへこませるように形作る。

これは揚げたての熱いところにレモンのしぼり汁をふり、あればアンチョビーソース少々をつけていただく。

★南国風サラダ

買出しに行ったらパルミットがあったので、中身の豪華なサラダを作ることにした、と言われた。実にバラエティに富んだサラダであった。

パルミット（palmite）とはやしの芯で、うどやアスパラガスのようにあまり味はなく、白くてやわらかく、丸くて細長いものである。ブラジル製のかん詰めが市販され

ている。フランスでも、これだけをフレンチドレッシングでいただいている。

材料は、パルミット一かん、ゆで卵三個、ハム三枚、ツナ（シーチキン）かん詰め一かん、松の実一袋、サラダ菜一個、セロリ一、二本、ピクルス（甘くないもの）大二本、小トマト約一〇個。ドレッシングとして、練りがらし小さじ一、サラダ油大さじ六、酢大さじ二、塩、こしょう各少々。

パルミットは横に一センチ幅に切り、ピクルス、セロリも縦半分に切って幅一センチに、ハムも一センチ角に切る。ツナは、指先で他のものと同じくらいの大きさにほぐす。ゆで卵は白身をみじん切り、黄身は裏ごししておき、トマトは皮をむいておく。

ドレッシングはマスタードドレッシングであった。からしの中に酢を入れ、よく混ぜ合わせ、その中に塩、こしょうを加える。泡立て器でかき回しながら油を少しずつ入れていくと、よく混ざり合ってとろっとする。

「これにマヨネーズを加えるとポピュラーな味になって喜ぶ人もいますよ」と言われたが、さっぱりしたほうがいいだろうということになり、その日は入れなかった。

パルミット、ピクルス、ツナ、セロリ、ハム、松の実、ゆで卵の白身をボールに入れ、ドレッシングと混ぜ合わせ、冷蔵庫にしばらく入れて冷やした。

「サラダの具を皆、同じくらいの大きさに切られたところは中華風ですね」と申し上げたら「そう言われるとそうですね」といかにも思いあたるふうにうなずかれた。中華料理はジャッといためる場合、野菜を同じような形、大きさに切ることが多い。

冷やした具はサラダボールに入れ、周りをサラダ菜、トマトで飾り、上からゆで卵の黄身をふりかけた。緑、赤、黄色と見た目もきれいで、カメラマンの岩田さんは「若い女性のお料理みたいですね」と感心していた。

松の実が味を生かしていた。「くるみやカシューナッツでもおいしいです」と話されたが、野菜だけだとさっぱりしすぎる場合、干した木の実を入れると驚くほどしまった味になるものだ。

また、「今日はこんなふうに作りましたけれど、いつもは台所にある野菜を皆、入れちゃうんですよ」とのことだった。

★コック・オ・バン

コック・オ・バンはフランス人の好んで作る料理である。作り方も各家庭によって違う。ヨーロッパの家庭でいただいたときは、ジャニオ夫人は鶏と小玉ねぎ、赤ぶどう酒で作り、イベット・ジローは鶏とマッシュルーム、白ぶどう酒であった。進藤社長のコック・オ・バンもフランスの夫人から習ったということであったが、野菜が多かった。

材料は、鶏のももと手羽一羽分、ベーコン少々、にんじん一本、小玉ねぎ二〇個、マッシュルーム二ケース(約一二個ぐらい)、セロリ二、三本、ピーマン小六個、月桂樹の葉二枚、小麦粉、赤ぶどう酒、バター、サラダ油、塩、こしょう。

鶏はふつう骨つきの肉を使うが、この日は名古屋コーチンの骨抜きを売っていたそうで、それを使った。もちろん調理がよかったからであるが、名古屋コーチンはふつう市販されているブロイラーとは違い、たとえようもなくいい味だった。

手羽、ももはともにぶつ切りにし、塩こしょうする。小玉ねぎは皮をむき、にんじんは五ミリ幅に、セロリは縦二つに切ってから三センチの長さに切っておく。マッシュルーム、ピーマンは縦二つ切り、ベーコンは一センチ幅に切る。

まずフライパンにたっぷりのサラダ油とバターを熱し、鶏は皮のほうから両面こんがりと焼く(めんどうくさがらずこんがりと色をつけることがおいしく食べられるこつである)。

鶏は深なべに移し、残り油は捨ててベーコンをいためる。脂が出てくるのでそれでにんじん、セロリ、小玉ねぎ、マッシュルームを入れてよくいため、塩、こしょうをふり、小麦粉を大さじ山一杯加えて更にいためる。

野菜を鶏の中に入れ、赤ぶどう酒をひたひたまで注ぎ、月桂樹の葉二枚を入れて、初めは中火、後とろ火にして三〇分煮込む。赤ぶどう酒が少ないのではないかと思ったが、でき上りはとろっとしたソースが鶏にからまり、野菜は汁を吸ってやわらかく味よく煮えていた。

ジャニオ夫人、イベット・ジローのコック・オ・バンはぶどう酒を半本以上入れたが、進藤流のほうが私たちの口に合うようだ。最後にピーマンをいため、上にのせて色よく飾った。

「マッシュルームがないときは生しいたけ、しめじなど使うといいですよ」と言われたように、進藤社長のお料理は臨機応変、自分流の工夫を生かして作られるようだ。「セロリの葉っぱを煮ておきましたから食べてごらんなさい、おいしいですよ。全く、セロリの葉を捨てる人の気が知れない」と小さいいれ物を出してくださった。おしょうゆとお酒で煮つけたセロリは香りもよく、ご飯にのせて食べたらどんなにおいしいことだろうと思った。

手まね入りでおもしろいお話をされるので、手元がお留守になり、お料理は三時間かかってしまったが、あけてくださったぶどう酒とともにいただいたお料理は三品ともとてもおいしかった。

手打ちのパスタ

数年前ローマへ料理の取材に行った時、パスタを手打ちで作ってくれたのに感激したものだが、今回もパスタの上手な奥さまがいらっしゃると聞いて、さっそくその富永夫人を訪れた。

ご主人の富永謙一氏は映画配給の仕事をされているので、ローマに住んでおられる。夫人の千寿子さんも数年ローマに滞在されたが、子どもさんの進学のために帰国された。小学校二年、一年、そして二歳の三人の息子さんのお母さまである。

富永さんのお宅は東名の川崎インターチェンジを降りたところ、宮前平のマンションである。辺りはまだ空き地も多く、畑もあり、空気は澄んでいた。

長い間外国生活をされただけあって、男の子が三人もいる家とは思えぬほど、部屋はきちんとかたづいていた。また室内装飾も、壁にはわせたつた、ポトス、ゴムの木と緑が多く、パンジーや蘭の鉢がきれいだった。食卓も木のテーブルに木のいす、書棚も木製で、本のほかに外国の珍しい彫刻、壺、花びん、燭台などが配合よく並んでいた。

今日のメニューは、スパゲッティ・ア・ラ・カルボナーラ・トンナレッリ（手打ち）、ボッコンチーニ・コン・ピゼリ（グリーンピース入り豚バラ肉トマト煮込み）である。

スパゲッティというと、私たちはふつうトマトソース、またはミートソースのような赤い色のトマト味をよく食べるので、今日は白い色に仕上げるものを作っていただくことにした。

「イタリア料理はローマに行ってから覚えましたの。主人がもと下宿していたところのマダムが料理上手で、教えに来てくれました」ということであった。

★ボッコンチーニ・コン・ピゼリ

まず時間のかかるボッコンチーニ・コン・ピゼリから作った。

材料は約四人前として、豚バラ肉六〇〇グラム、玉ねぎ小二個、にんじん二本、セロリ一本、グリーンピース二〇〇グラム、ホールトマトかん詰め一かん、白ぶどう酒大さじ一、塩小さじ1½、油大さじ六、こしょう少々。

豚肉は一口大に切ったものを使う。玉ねぎは縦四つ切り、にんじんは大ぶりの乱切り、セロリは四つに切った。

まず深なべに油大さじ三を入れ、玉ねぎ、にんじん、セロリをちょっと焦げ目がつくまでいためる。そこで野菜は取り出し、油大さじ三を更に注いで豚肉をいためる。焦げ目がついたらぶどう酒を注ぎ、いためておいた野菜を加え、混ぜ合わせた後、ホールトマト一かんをざっと入れてしまう。

ホールトマトは国産のものも市販されているが、イタリア製のCIRIOのほうが色が濃くていい。ホールトマトの手に入らない場合は、よく熟れたトマトの皮をむいて六、七個入れる。

トマトを入れたら塩こしょうをして、中火で一時間半コトコトと煮込む。でき上り間近にグリーンピース(ゆでたもの、冷凍、またはかん詰め)を加え、火を通してでき上りである。

これは非常に簡単にできるうえ、味もよく、安く、一般向きな家庭料理である。ソースが残ったら、スパゲッティにかけていただくととてもおいしい。なべでコトコト煮ている間にほかの料理を作った。

★トンナレッリ

トンナレッリは各人各様作り方が違うそうだ。富永夫人流は約四人前として、材料は、小麦粉四〇〇グラム、マッシュルーム二〇〇グラム、グリーンピース一〇〇グラム、ベーコン五枚、卵四個、生クリーム一カップ、油大さじ二、粉チーズ、塩、こしょう各少々。

イタリアでは台所の調理台が大理石なので、そこでパスタをこねるが、富永さんのお宅では木製のテーブルを使っていた。

まずボールの中に粉を入れ、真ん中に卵を割り入れ、指先でよく混ぜる。このとき親指を突っ込むようにして丸めていた。その後、台に粉をふり、このたねをよくよくこね合わせ、前方に押すようにしながら丸める。水も油も入れないから、相当なかたさで力がいる。

「冬はやわらかめ、夏はかためにしろ、とイタリア人は言いますけれど、だいたい耳たぶくらいのかたさです」と言われた。

よくこね合わせたら二つに分け、その一つをめん棒で平たく平たくのしていく。台に粉を打ちながら、何回ものばして薄くする。

平たくなったら、中央に向けて約五センチ幅で両側から四つ折りにする。包丁で五ミリ幅ぐらいに切った後、中央の下に包丁の背を入れて持ち上げる。すると両側に切っためんがぱらっと垂れ下がった。その手つきがみごとなので思わず感嘆の声をあげてしまった。

このようにして残り半分ものばして切り、生のめんができ上がる。これをちょっと置いておき、めんに合わせるソースを作った。

フライパンに油を入れ、マッシュルームの薄切りをいため、塩こしょうする。マッシュルームを取り出した後、油少々を足し、ベーコンの薄切りをいためる。生クリームは泡立てておく。

ぐらぐらにお湯を煮立て、塩少々入れた中でパスタをゆでる。ふわっと浮いてきたらゆで上りで、ざるにあけ、熱いところを器に移して、いためたマッシュルーム、ベーコン、生クリーム、グリーンピース、それに粉チーズをふり入れて混ぜ合わせる。最後にもう一度味をみて、塩、こしょうを加える。

自分でめんを作るのはめんどうくさいものだが、作りたては市販のめん類と違ってやわらかく、それでいて歯ごたえもあり、なんともいえずおいしかった。生クリーム、チーズの味がこってりと口にとけて、これこそ本場のイタリアの味である。

私もこれからめんどうくさいと思わないようにしようと思った。皆さまも一度ぜひこの方法で、おいしいおいしいイタリア料理を作っていただきたい。

★スパゲッティ・ア・ラ・カルボナーラ

これはイタリア人がよく食べる料理である。レストランなどでも、給仕人が客席の横でスパゲッティを混ぜ合わせている姿をよく目にしたが、残念ながら太ることは確実である。育ち盛りの子どもさん、やせぎすのかたにぜひ作ってあげてほしい。

私はおそるおそる一口食べてみたが、誘惑には勝てず、二口三口と食べてしまった。

材料は、スパゲッティ一袋、ベーコン五枚、パセリみじん切り大さじ一。ソースとして卵二個、粉チーズ大さじ三、白ぶどう酒大さじ一、玉ねぎ、バター、塩、こしょう各少々。

まずソースを作る。卵はボールに割り入れてときほぐし、その中に粉チーズ、こしょう（少し多めに）、塩、すりおろした玉ねぎ少々、白ぶどう酒、バターを入れ、混ぜ合わせる（イタリアではペコリーノという羊からとったチーズを少々入れる由）。

ベーコンは薄切りにして、かりかりに焦げるまでいためる。たっぷりお湯を沸かし、塩少々を入れ、スパゲッティをほぐすようにしながら入れてゆでる。一本食べてみて少々かたいなと思うぐらいでざるにとる。

ソースの中にスパゲッティを入れベーコンのかりかりは脂ごと入れ、よく混ぜ合わせる。更にパセリを混ぜ、そのままテーブルへ出す。

卵がとろっとからんでいるので、卵の生がきらいなかたはもう一度フライパンであたため、半熟状にしてからいただくといい。こくのあるたいへんおいしいスパゲッティである。スパゲッティは、赤いものだけではなく、このようないただき方でも楽しんでほしい。

富永夫人は豚の煮込みにもパスタにも、にんにくや香料は使わず、パセリやセロリ、ベーコンで香りをつけたが、これが家庭料理のあり方ではないかと思った。

「サラダを作るのを忘れていたわ」と立ち上がると、約三分でセロリ、レタス、トマトのサラダができてきた。

「子どもがいますでしょう。何事も手早くしないとまにあわないのですよ」と言われた。

やはり父親なしで三人の男の子を育てるのは無理もあるので、学校のことは気になるけれど、夏前にはローマへ戻られるということであった。

「ローマへ行けば一日一食は日本料理を作るんです」と言われたが、すでにこれだけ身につけられたイタリア料理、またまたレパートリーを広げられることだろう。

富士の見える食卓で

東名高速道路が通ってから御殿場というところは東京から近くなった。今月は六年前から東京の家を引き払って御殿場住まいをされている福川澄夫人を訪れた。「広々としたところに住みたくなってこちらへ来ましたけれど、ほんとうに幸せだと思っております。週に一、二度それでも東京へ出ますが逃げ帰りますの」と言われた。いい空気の中で暮らしていられるせいか顔色が違う。

白と紺のブラウスに紺のスラックス姿が健康的で若々しい。お伺いした日は晴れ上がったすばらしいお天気で、雪をいただいた富士山がくっきりと姿を現わしていた。

広々とした一〇〇〇坪（三三〇〇平方メートル）の土地に八〇坪のすばらしい二階建て、芝生の庭にはプール、ゴルフの練習場があり、横手には温室があった。テラスの出口には数百株のクロッカスがつぼみをつけていた。

室内に入って思わず嘆声をあげる。広々とした部屋がまるで花園なのだ。窓際に並んでいる君子蘭は一〇鉢、床にテーブルの上に、テレビの上にステレオの横に置かれたベゴニア、ゼラニウム、さつき、すみれ、ばんまつりなど色とりどりの美しさに目をみはる。

「シンビジウム（蘭の一種）もやっと自分で咲かせられるようになりました」と言われる福川夫人のお仕事は花作りとお料理のようである。広い大きな部屋の一角は食堂で、その窓からは富士山が見える。

庭に向かったところは居間兼応接間、それに並んで明るい台所がある。窓際に並べられたゼラニウムの鉢植えがいかにもヨーロッパ風なので、ふと御殿場にいることを忘れた。

「料理が好きで、お客さまをお招きするのも好きです。お料理はいろいろなかたから習いましたけれど、今は月一回土井勝先生のクラスに出席し、月一回グループに入ってフランス料理の講習を受けております」と言われた。

今日のメニューは、オードブル三種、牛すね肉の煮込み、それにいちごと生クリームをたっぷり使ったデザートである。

★オードブル三種

オードブルはまず天火でかりっとしたトーストを作った。サンドウィッチ用食パン一枚を三角に四つに切ったもの、横四つに切ったもの、縦四つに切ったものを作る。三角トーストはクリームチーズ、横四つ切りはブルーチーズ、縦四つ切りのスティック状のものはたらこクリームのためである。

●ブルーチーズ

材料はブルーチーズ五〇グラム、生クリーム大さじ二、塩少々。ブルーチーズを裏ごしにして生クリームと練り合わせ、塩少々をふる。これを絞出し袋に入れ、トーストの上に縦に絞り出す。

●クリームチーズ

材料はクリームチーズ六〇グラム、シェリー酒大さじ1/2、レモンのしぼり汁小さじ一、種抜きオリーブの実、塩、化学調味料少々。クリームチーズを裏ごしし、その中にオリーブ以外のものを混ぜ合わせ、絞出し袋に入れてトーストの縁を飾る。真ん中に縦二つ切りにしたオリーブをのせる。

●たらこクリーム

材料はたらこ一腹、生クリーム1/2カップ、レモン汁、ブランデー少々。生クリームを泡立て、ほぐしたたらこを混ぜ、レモン汁、ブランデー少々を加える。これはコップにこんもりとよそった。

オードブル皿の真ん中にそのコップを置き、ブルーチーズ、クリームチーズトーストを並べ、クレソンと赤かぶを飾り、スティック状のトーストは別に出した。

見た目も美しく、しゃれたオードブルであった。特にたらこのクリームあえは味がよく、さっぱりとして苦みのあるクレソンと一緒にいただいたのが感激的であった。

★牛すね肉のアジャン風煮込み

アジャン風というのはプラムを入れるものらしく、フランスでアジャン風鶏料理の取材をしたことがあるが、その時もプラムを使った。

材料は牛すね肉約一キロ、赤ぶどう酒三カップ、オリーブ油またはサラダ油一カップ、酢一カップ、プラム(種抜き)二〇〇グラム、玉ねぎ一〜二個、にんじん二本、セロリ一本、にんにく二かけ、丁子《ちょうじ》五個、月桂樹の葉二枚、アルマニャック酒少々。付合せとしてブロッコリー二株、にんにく一かけを用意する。

牛すね肉は約三センチ幅に切る。野菜は全部薄切り。材料すべてを一緒になべに入れて一晩おく。

その後肉とプラムを取り出す。そして厚なべまたはフライパンに油を熱し、肉を両面こんがりと焼く。野菜入りの汁はそのまま火にかけ、あくが出たらすくい出す。その中にいためた肉を戻し、中火で三時間、肉がやわらかくなるまで煮る。味をみて塩こしょうする。

煮上がったらその中に取り出しておいたプラムを入れ、約一五分煮てでき上り。ブロッコリーは、湯の中に香りづけのため二つ切りにしたにんにく一かけ、塩一つまみを入れてやわらかくゆでる。

大皿の真ん中に肉を盛り、その周りをプラムとブロッコリーで飾った。残りの野菜と汁はムーラン（野菜つぶし）にかけ、どろっとしたソースにして肉の上からかけ、残りは別のいれ物で供する。

家庭的な料理だが大皿に盛ると立派で、来客にも喜ばれる煮込み料理だと思った。肉はすね肉なので脂っこくないし、煮込んでもぱさぱさにならない。

それにソースがおいしい。ぶどう酒と酢のすっぱみを甘いプラムがカバーしている。

「油を入れるので肉がおいしくなります」と夫人は言われた。

★いちごのデザート

デザートのクレーム・オ・フレーズ（いちごクリーム）は作り方は簡単だが、実においしい口当りのさわやかなデザートだった。

材料はいちご三五〇グラム、砂糖四〇グラム、生クリーム$1\frac{1}{4}$カップ（別に飾り用として$\frac{1}{2}$カップ）、卵黄一個分、レモン汁$\frac{1}{2}$個分、コワントロー（または白ぶどう酒）$\frac{1}{4}$カップ。

いちごは約$\frac{1}{3}$を飾り用として別にする。飾り用はへたを取り、縦二つに切り、砂糖をまぶし、コワントロー少々をかけておく。残り$\frac{2}{3}$のいちごはへたを取り、ムーランまたは裏ごしでつぶしておく。

生クリームは泡立て、卵黄一個分を入れ、砂糖、レモン汁、コワントローを混ぜ合わせ、つぶしたいちごを加えてからガラス器に入れ、五、六時間フリーザーに入れて固める。

食卓に出す前に、飾り用の生クリームを泡立てる。コワントローにつけておいたいちごは汁が出ているのでいちごだけ取り出して、薄いピンク色の汁は生クリームに入れる。シャーベットのように凍ったピンクのいちごクリームの上に、絞出し袋で生クリームを飾ってから、いちごをのせる。ピンク、白、赤と美しい彩りだ。

私はあまり甘いものはいただかないほうだが、甘すぎぬほのかな味に思わずお代りをしてしまった。いちごの季節にぜひ一度試していただきたいデザートである。

お客さまをしなれているかただけにテーブルには白いテーブルクロスがかけられ、すでに食卓の用意ができていた。別のサイドテーブルの上にはウィーン製のぶどう酒入れ、民芸風なワイングラス、コーヒーセットも置いてあった。

富士山をながめながらの食卓はすばらしかった。日ざしは暖かく、少し乾いた室内では湿度器がかすかな音をたてながら湯気を立てていた。何の騒音もない静けさ、さわやかな風、明るい日ざし。

「優雅な暮しでうらやましい」と同行の者がため息をついた。確かにすてきな生活だ。しかしそれは福川夫人が自らの手で作り出したすばらしさでもある。豊かな暮しだがぜいたくではない。

「卵の値上りがひどいので養鶏を始めようかとも思っていますの。ふんは花作りに役立ちますし」と言われた。また、「御殿場で買い物をしておりますと東京では買えなくなりますね。東京はこちらの二倍ですから」とも言われた。大きな家だがお手伝いもいなかった。

ご主人は伊勢化学にご勤務、一人息子さんは会田雄亮建築陶器デザイン研究所の一員で、今は山中湖のアトリエで働かれている。

「息子も料理が好きで羊のローストを戸外で焼いたりしますの。山中湖でも寒いときはストーブの上で煮込み料理をするそうです」と言われた。料理上手のお母さまの手作りを食べていると、自然に料理上手になるのだろう。

「主人はバスで東京へ通っておりますけれど、遅くなると東京へ泊まるので、一人のことも多いのです」と話されたが、それも一向に寂しそうには受け取れなかったのは、充実した生活を送っていられるからだろう。

おつまみ風料理

日高仁さんは日劇の演出家で古くからの友人である。演出家と歌手としてのつきあいである。彼は二年前、新宿に「ル・コカルディ」というスナックを開いた。友人たちと遊びに行ったら出てくるおつまみがちょっと違う。

焼き納豆やあげ出しそば、しその葉やのりの入ったチーズのから揚げなど今まで食べたこともないようなおいしいものが出てくるので、これはひとつこのページにご登場願わねばと思った。習った料理ではない、おいしいものを好きな人が工夫した料理である。

世田谷のマンションの一〇階は東京中が見渡せる感じで景色がいい。三DKの家にチャチャというプードルと優雅に暮らしている。チャチャはお利口さんで、朝など日高さんが眠っているかぎりおとなしく待っていて、起きたとたんに、新聞をくわえてやって来るのだそうだ。

今日のメニューは、おつまみとして、焼き納豆、チーズのから揚げ、それに、しらたきときゅうり、ハムのサラダ、なすの亀甲焼きの四種である。

★焼き納豆

材料は三、四人前として、納豆一袋、油揚げ二枚、ねぎ1/2本、削りがつお大さじ二、しその葉六枚（飾りつけ用）、からしじょうゆ、しょうゆ、化学調味料を用意する。ねぎは縦半分に切り、みじん切りにする。その中に納豆を混ぜ、たたくようにして納豆が半分になるくらいに切る。その上から削りがつおをかけ、しょうゆ、化学調味料少々をふって混ぜ合わせる。

油揚げはなるべく厚手なものを選び、幅の狭いほうの一方を切り落とし、皮が切れないように注意しながらいなりずしを作るときのように開いておく。

その中にたたいた納豆の半量を注意しながら入れる。入れたらまな板に寝かせ、切り口にお箸を置いて押さえ、納豆がまんべんなく納まるように指先でのばす。金網をよく熱し、その上で両面焦げ目がつくまで焼く。焼くと油揚げが固くなるので、ひっくり返すときもたいへんやさしい。

でき上がったらまな板にとり、包丁で押すように勢いよく五切れに切り（勢いをつ

けぬと納豆がねばる）、しその葉を飾った皿に盛りつける。練りがらしをしょうゆで溶いたからしじょうゆを上からふりかけて供する。

★チーズのから揚げ

材料は、ギョウザの皮六枚、しその葉六枚、焼きのり三枚、チーズ四切れ、塩、てんぷら油。

ギョウザの皮はまな板に置き、めん棒で縦にのばして小判形にし、それを横二つ切りにする。チーズは一センチ弱の幅に切り、更に細長く四つに切る。

しその葉の茎を落とし、端にチーズを置き、くるくる巻き、それをギョウザの皮の幅の広いほうに置いてくるっと巻く。巻いた先の内側に水をつけて押すとぴったりくっつく。のりも横半分に切り、しその葉と同じくチーズを巻き、ギョウザの皮で巻く。

てんぷら油を熱した中にジャッと入れ、ちょっときつね色になったら取り出してぱらぱらと塩をふり、熱いところを供する。のりもおいしいが、しその葉は香りが強いせいか更においしくて驚かされた。

★しらたきときゅうり、ハムのサラダ

材料は、しらたき二袋、きゅうり一本、ハム三枚、調味料としてしょうゆ大さじ一、酢大さじ一、練りがらし小さじ山一、ごま油小さじ一、みりん、化学調味料少々。

ハムはせん切り、きゅうりもまずはすに切ってからせん切りにする。しらたきは袋をあけ、半分に切って水洗いした後、ざるにとった。調味料を全部混ぜ合わせ、その中にしらたきを入れ、ハム、きゅうりの半量を入れてよく混ぜ合わせ、ガラス器に盛る。その上に残りのハム、きゅうりをきれいにのせてでき上り。

さっぱりしたサラダで、フランスでは〝サラド・シノワーズ（中国風サラダ）〟と称する一品である。〈ヨーロッパの家庭料理〉を取材しているとき岸惠子さんがこれに似たサラダを作った。その時はしらたきではなく、もやしを使い、女性らしく錦糸卵もかけて彩りを添えた。

日高さんは男性だし「仕事の後、仕事の打合せ中に何かちょこっと作ることが多いので、何でも簡単に作るんです」と言われたが、しらたきはちょっとお湯でぐらっと煮て冷まして使ったほうが水気がきれていいのではないかと思えた。

それにしてもこのしらたきサラダは、カロリーが少なくて、太りたくない人に向いている。さっぱりしているから夏向きでもあり、私もこれは大いに食べようと思った。

★なすの亀甲焼き

最後のなすの亀甲焼きはこれで立派な一皿。そしてご飯のおかずにもとてもいい料理だった。

材料は、私たちが米なすと呼んでいる大ぶりのなす（あるいは京都辺りにある加茂なす）一人分$\frac{1}{2}$個として二個、ひき肉（牛または牛と豚半々）三〇〇グラム、しょうゆ大さじ五、酒大さじ二、砂糖小さじ山二、おろししょうが小さじ二、にんにくのすりおろしたもの、水溶きかたくり粉、油各少々。

米なすは縦半分に切り、皮を切らないよう注意しながら皮のまわりに刃を入れ、縦二本、横五本、碁盤目のように切れ目を入れる。

ひき肉はおろししょうが、おろしにんにく、しょうゆ、砂糖、酒を入れ、ほぐしながらよく煮る。味は好みで辛口の好きなかたはしょうゆを多めに、甘口の好きなかたは砂糖を増やしてほしい。よく煮たらちょっと水溶きのかたくり粉を入れ、とろみをつける。

米なすの皮に油をなすりつけ、表面を残してアルミフォイルで包む。表面にひき肉をたっぷりのせて、金網でじっくりと焼く。

焦げつかないかと心配したが、油をぬったせいか、皮が厚いせいか焦げなかった。ぐじゅぐじゅと上のひき肉まで火が通ってきたら箸で押してみる。なすの身がやわらかくなっていたらでき上りである。だいたい一五分から二〇分ぐらいで焼ける。刃を入れてあるので肉の味がなすにしみていていてスプーンですくっていただいたがとてもおいしかった。

これは甘いみそをのせてもいいだろうが、私は甘いみそはあまり好きでないので、この作り方のほうがおいしかった。ふろふき大根の上にもみその代りにひき肉をのせるとおいしい。かぶだってひき肉と合う。

また、ひき肉の冷えたのをサラダ菜に包んで食べるとちょっとヴェトナム料理風にもなる。サラダ菜に少量のご飯をのせ、ひき肉をたっぷりのせて指先で包んで食べてもおいしい。

お料理の上手なかたはたいへん多い。レストランのコックさん以上に熱心に家族の嗜好も取り入れて上手なお料理を作っているかたがたの取材をしてきたが、今月は個性的で男性的な料理を作っていただいた。

いつも食べ慣れているものの形を変えて食べてみるのは楽しいものである。

黒田初子さんのピクニック料理

八月号は戸外の料理を取り上げたいなと思った。そう思ったとたんに、女流登山家で料理研究家の黒田初子さんのお顔が浮かんできた。

下落合のお宅は大きな木に囲まれている。玄関の横にある二本のポプラの下には「新宿区保護樹木」と書かれていた。もう一本庭のかしの木も保護樹木の由。それら大木の下に、小ぢんまりした住みよさそうな家がある。

入ってまず目につくのは赤い色が多いこと。表札も赤く塗ってあったが、柱も戸棚もいすも赤。冷蔵庫もごみ箱も赤である。

大きな一室の片側全部が調理台で、その反対側がガラス戸で庭に面している。庭には雑草が生え、その所々にれんげやパンジーが咲いていた。

「自然な山荘の気分を味わいたいので、雑草ものび放題にしているのよ」と言われた。この部屋に座っていると青葉が目に入り、全く遠い遠い避暑地にいるような気分になるのだった。赤を使っていても、古いオルガンや柱時計、畳表を敷いたいすなどのためか落ち着いたふんいきである。

壁にかけてある山の絵は理化学研究所の学者であるご主人黒田正夫氏の描かれたもので「主人は山へ登る場合も矢立てを持ち歩くのよ」と言われた。

お手伝いにお嫁さんのみつ子さん、姪の山口美恵子さんが来ていてくださったので、すべて手際よく進み、どんどんおいしいものができ上がった。

メニューは、バーベキューリブズ（豚の骨つきあばら肉）のつけ焼き、雑色果飯（もち米の料理）、エッグ・ボール、きすのマリネ、しそむすびと〝にしきん〟、サラダと果物。

★バーベキューリブズのつけ焼き

材料は、豚の骨つきあばら肉一枚（切ってあるものを買う場合はピクニックに行く人数の本数を買う）、小麦粉約大さじ一〇、塩小さじ二、こしょう小さじ一、タイム小さじ二。つけ汁として、しょうゆ2/3カップ、はちみつ大さじ三、赤砂糖大さじ二、ブランデー大さじ二、タバスコ、こしょう、ガーリックソルト、化学調味料各少々。

まずつけ汁を全部合わせて一度煮立てておく。あばら肉は一枚の場合、骨に沿って

切る。塩、こしょう、タイムを混ぜた小麦粉をまぶしてからロースターまたは天火で焼く。

ちょっと焦げ目がついてきたらつけ汁をはけでぬりつけ、更に焼く。これを三回ぐらい繰り返し、肉の中までよく火が通るように約四〇～五〇分こんがりと焼く。指先で持って骨に沿ってかじるのだが、実においしく、そして野趣にあふれている。

★雑色果飯

材料は、もち米五カップ、豚バラ肉またはロース四〇〇グラム、小えび三〇〇グラム、ぎんなんまたはくり一～二カップ、セロリ二本、生しいたけ一五枚、しょうがみじん切り大さじ一、バター、油各少々。

豚は太めのせん切りにする。小えびは殻をむいて三つぐらいに切り、生しいたけは六、七片に、セロリはみじん切りにする。ぎんなんは殻を割り、薄皮をむいておく。

中華なべを熱し、油とバターを入れてその中にまず豚を入れてよくいため、次にしょうがのみじん切り、えび、しいたけ、セロリ、ぎんなんといためながら入れていく。最後に塩小さじ山二、酒大さじ五、化学調味料を入れ、濃いめに味をつける。

もち米は一晩水につけて蒸しておく。いためた具ともち米をよく混ぜ合わせ、もう一度三〇分ぐらい蒸してでき上りである。これはざるの上に葉蘭を敷き、その上にのせた。

私は電子レンジを使っているのでこれはごく簡単にできると思い、うれしくなってしまった。電子レンジでもち米を炊くのは実に簡単で、そしてふっくらよくできるからである。

一度作り方を書いておく。一晩水につけたもち米は耐熱器に入れ、ひたひたに水をはり、ラップ紙をかけ、まず七分ぐらいクックする。一度取り出して混ぜ合わせ、再びラップ紙をかけて更に五、六分クックすればでき上りである。

私は時々この中にぎんなんを入れて白おこわを作っていたが、今日の雑色果飯は具が多いので更においしい。

★エッグ・ボール

材料はゆで卵一〇個、スモークトサモン三枚、玉ねぎみじん切り大さじ山一、マヨネーズ大さじ約三、セロファンまたはアルミフォイル。

ゆで卵は横に二つ切りにし、黄身を取り出して裏ごしにする。スモークトサモンはみじん切り（ハムで作る場合もある）、玉ねぎもみじん切りにしてマヨネーズと合わせ、裏ごしした黄身と混ぜる。

　あまりやわらかくすると詰めにくくなるので、マヨネーズは少しずつ入れていくこと。白身の底にマヨネーズ少々を落とし、その上から黄身を山形に入れる。セロファンまたはアルミフォイルを適当な大きさの四角に切り、卵一つずつを包む。これもまたかごにきちんと並べて持ちやすくした。

ハムで作ったことはあったが、スモークトサモンのほうが品のあるいい味だと思った。「何も入れずに上にイクラ数粒のせてもいいのよ」と言われた。

私はたまにレバーペーストを黄身とあえることもある。これもまた悪くない味である。

★きすのマリネ
　きすのマリネはすでにでき上がっていた。開いたきすに塩をし、小麦粉をつけて揚げる。フレンチドレッシング（油二、酢一、塩少々）に玉ねぎのすりおろしたのを混ぜて泡立てる。好みによりレモン汁、パセリみじん切りを入れてもいい。

　この中に揚げたきすを入れ、一日寝かす。一週間はもつので、ピクニックにも安心して持っていける一品である。

★しそむすびとにしきん

しそのおむすびはご飯を炊くときに酒と塩を少々入れておく。握るとき、更に青じそのみじん切りを入れる。

このおむすびの付合せは〝にしきん〟と称するもので、これがすてきだった。お酒のさかな、温かいご飯にもいいだろう。

材料はかつおぶしを削ったもの一カップ、もみのり一カップ、わさび一本。わさびをすりおろし、その中にかつおぶしとのり、それにしょうゆを混ぜてよくよく練り合わせただけででき上りである。

そのほかにトマト、レタス、玉ねぎ、パセリは丸のままかごにのせ、ハムは食べやすく切り、オリーブはアルミフォイルに包んでかごに入れた。ドレッシングも持ち運べるよう、ワインビネガー一、油二に塩、こしょうを合わせ、びんに入れておく。ピクニック先でサラダを作るためである。果物はりんごとオレンジ。

すてきなピクニックランチ。ご主人がビールと赤ぶどう酒の栓を抜いてくださったので、昼間から陶然となってしまった。

黒田さんはお茶の水で家政科、特に食物の勉強をされた。登山家としては白頭（ペクト）山、ラオスの山々、北アルプスなどを踏破されている。現在は午前中お料理を教え、午後はＹＷＣＡで泳がれる由。きりっとしまった体、色つやのいい顔色、七二歳と聞いてびっくりしてしまう。私もがんばらなければと思った。

益田さんのボリューム料理

今月は益田克幸氏の夫人禎子さんを訪問した。東京・目黒の青葉台にある外人向きの瀟洒なマンションにお住まいである。ベルを押して、出て来られたご主人の顔を拝見して、思わず「どちらの益田さんかしら」と言ってしまった。財閥益田家のかたがたは皆、端麗な顔立ちで、ご主人もその血筋とお見受けしたからだ。

私がパリにいたころ、益田義信画伯もパリに滞在されていて、よくごちそうになったものだ。その弟さんの貞信さんはピアニストで建築家、戦前からの知人である。はたして、克幸氏はお二人の甥御さんであった。

広く明るい部屋の壁には、ダリ、ピカソのリトグラフがかかり、水彩画には Pour M. MASUDA, Tes Amicalement, CLAVÉ とサインがしてあった。クラヴェ自身が「親愛の情をこめて」とサインしているのだ。芸術的な一家なのである。

部屋に置いてあるピアノを見て「あなたもお弾きになるのですか」ときいたら、

「あなたの伴奏をしたこともありますよ」と言われ、びっくりしてしまった。その昔、慶應大学の在学生とOBが作ったエスクワイアというジャズバンドがあった。私がジャズでデビューしたころ、よくそのバンドで歌っていたことを思い出し、料理取材はさておき、しばらく昔話に花を咲かせてしまった。

禎子夫人は『ミセス』でモデルもされている美しい婦人である。一九歳の信一さん、一七歳の孝二さんのお母さまとも見えぬ、若々しいかただ。

今日のメニューは、にんじんのポタージュ、子牛のミセス益田風カツレツ、じゃがいもとクレソンのサラダ、それにデザートとしてピーチカスタードパイ。

★にんじんのポタージュ

材料は約四人前として、にんじん五本、玉ねぎ一個、米1/4カップ、生クリーム1/2カップ、スープ六カップ、パセリの軸、月桂樹の葉、バター、塩、こしょう。

深なべにバターをとかし、皮をむいて薄切りにしたにんじん、薄切りの玉ねぎをよくいためる。中火でゆっくりとよくいためること。

塩、こしょうで味をつけ、スープ（ガラでとるが、固形スープを利用してもいい）を入れ、パセリの軸、月桂樹の葉、米を入れ、約三〇分中火で煮る。

すべての具がよく煮えたところでパセリの軸と月桂樹の葉を取り出し、ムーランでこす。ムーランでなくとも裏ごし、またはミキサーにかけてもいい。

「二度ごしにしたほうがなめらかにできるのですけれど」と言われたが、私は「家庭料理だから一度にしておきましょう」と申し上げた。一度でもとても口当たりがよくておいしかった。でき上りに生クリームとバター少量を入れて混ぜ合わせる。

★子牛のカツレツ

材料は子牛肉四枚、卵黄一個分、粉チーズ大さじ$3\frac{1}{2}$、パセリ、ホワイトソース、パン粉、ドミグラスソース、バター、サラダ油、塩、こしょう。

ホワイトソースの作り方は、『ミセス』を読んでいるかたはすでにご存じと思うので詳しく書かない。バターをとかし、その倍量の小麦粉をいため、牛乳でのばしたものである。

ドミグラスソースは、玉ねぎ、にんじん、セロリなどのみじん切りをいため、小麦粉を加えてさらにいため、トマトの味で仕上げたソースである。益田さんは大量に作っては冷凍しておかれるとか。

このお料理は、子牛のウィーン風カツレツを益田夫人流に工夫された一品である。

ウィーン風は子牛をもっともっと平たくたたいて、いため揚げした後、レモン、アンチョビーを添える場合もあるが、むしろ塩味だけで食べる。益田さんのお宅ではアメリカンフットボールの選手をしている食欲旺盛な青年が二人おられるため、こってりと作り上げてあった。

子牛肉は一人前一二〇グラムぐらいの大きさのを買う。まな板にのせ、周りに刃を入れた後、平たくたたきのばし、塩こしょうする。フライパンにバターをとかし、両面焦げ目が少々つくまでいため、紙で汁気をふき取ってしまう。

ホワイトソースはかためたに作り、卵黄、パセリのみじん切り、粉チーズを入れて混ぜる。肉の両面にこのソースをまんべんなくつけてパン粉をまぶし、バターとサラダ油を半量ずつ入れたフライパンで両面こんがりと焼く。

パン粉は食パンを二日間冷蔵庫に入れ、ぱさっとしたところを細かくほぐして使った。ドミグラスソースはあたためて別の器に盛っておく。

付合せはさやいんげんのバターいため。スパゲッティも作りましょうかと言われたが、「もう充分でしょう」とご辞退した。

「なにしろすごい勢いで子どもたちがいただきますでしょう。私の料理は量が多いんですよ」と言われた。息子さんたちもこんなお料理の上手なお母さまがおられて幸せだと思う。

★じゃがいもとクレソンのサラダ

材料はじゃがいも三個、玉ねぎ1/2個、クレソン一束、ベーコン三枚、サラダ菜、アボカード、サラダ油、酢、マスタード、塩、こしょう。

じゃがいもは塩を入れた水で皮つきの丸のままゆでる。ゆで上がったら熱いうちに皮をむき、二センチ幅一口大に切る。玉ねぎは薄切りにして水にさらし、クレソンは軸を取って細かく刻み、両方ともじゃがいもに混ぜる。

サラダ油二に対し酢一弱、塩、こしょう、マスタード少々を合わせてドレッシングを作り、じゃがいもの温かいうちに少々入れて混ぜ合わせ、冷ましておく。盛りつける前に、もう一度ドレッシングで味を調える。

ベーコンは細かく切ってフライパンでかりっとなるまでいためる。サラダ菜は洗って水気をきる。アボカードは真ん中から割って大きな種を取り除き、皮をむいて六つ切りにしたが、これはたまたま手に入ったからで、必ず添える必要はない。

皿にサラダ菜を敷き、その上にクレソン入りのじゃがいもをのせ、周りにアボカードを飾って、かりかりのベーコンをふりかけてでき上り。しばらく冷蔵庫で冷やしてからいただいた。

益田さんの台所には、台所好きの私が目をみはるような楽しいものがたくさんあった。すてきな北欧のおなべやフライパン、かわいらしいおもちゃのような泡立て器、銀色の肉たたき、銀のぶどう酒置き。ほんとうにお料理の好きな人が少しずつ熱心に買い集めた品で一杯なのだ。

中央の調理台には皿洗い機を利用していた。脚に車がついているのでどこにでも動かせてたいへん便利だ。

デザートのピーチカスタードパイは、パイ皮の中にたっぷりカスタードクリームが入り、その上にかん詰めのピーチを形よく飾り、ゼリーで固めてあった。

「パイナップルで作ることのほうが多いわね」と夫人は長男の信一さんに語りかけた。「西洋料理を食べても最後はこれですのよ」とご飯とおいしいぬかづけが出た。さすがに信一さんは二杯お代りをしていた。

すてきなお母さまである。そしてまたすばらしい奥さまである。

お料理を始めた時、ご主人が出かけられた。私たちにあいさつをされてから台所に向かって「行ってくるよ」と言われたが、夫人は料理に忙しく、ちょっと気がつかなかったようだった。

「お出かけになったわよ」と私が言ったとき、夫人は手を休めて戸口に行かれたが、もう見えなかった。

夫人は入り口の見える窓に寄って気がかりそうに下を見ていた。入り口に出られたらしいご主人に向かって手を振った。そして気が済んだように再び台所に行かれた。うまくご主人と目があったのかしら、それだとすると、毎朝マンションのドアの前で別れを告げ、再び窓と外で手を振り合って別れておられるのかしら、と私は考えてしまった。

料理が終わるころ電話がかかった。お手伝いにいらしていた若い女性が何か笑って返事をしていた。

「主人からですのよ、心配しているのでしょう」と夫人が言われたとき「お出になればいいのに」と私は答えた。

「今晩会えるのですもの、よろしいのよ」と夫人は言われたが、なんともほのぼのとした気分にさせられた。叔父さまにあたられる益田義信ご夫妻もすごく仲がいい。益田家はよほどいい教育を施されていて、息子たちを優しい男性に育てられたのであろう。

プリム氏の豪華なメニュー

「変わったご夫婦がいるわよ」と姉が話してくれた。在日三〇年のアメリカ人夫妻で、ご主人はかつて空軍、海軍におられたが今は引退なさっている。夫人は海軍付属小学校の校長である。

したがって夫人は朝からご出勤、ご主人は三度三度の食事を作ることに生きがいを見いだしているという話だった。

「お料理の話ばかりするし、とてもうまいようよ」ということなので、ご出場願うことにした。

鎌倉のお宅は広々とした庭に囲まれた西洋館で、プリム氏はエプロン姿で、待ちかねたように出迎えてくださった。天井の高い応接間にはゆったりしたソファが置かれ、大きなスタンドが四個に掛け軸や小だんすはあったが、大きい壁には絵もかけず、居心地のよさに主体をおいた暮しぶりである。いろいろなものを飾りたがるフランス人とアメリカ人ではだいぶ違うなと感心する。食堂のテーブルの上もすでにセッティングされていた。

台所はプリム氏のお城である。この城は全く使いよく整理されている。ガスレンジの横にはセルフタイマーがかかっていて、その横の棚には香辛料二四種がきれいに並んでいる。

冷蔵庫は冷凍庫つきの大型、皿洗い器、電子レンジ、それにブレンダー、ミキサーも置いてある。包丁掛けには一〇丁の包丁がかけてあり、別に四丁、これはほかの人が使ってはいけない、専用とのことであった。

彼は小さな細長い箱を二つ持ってきた。ふたをあけると、ＡＢＣ順にびっしりと料理カードが入っている。

「これは母が書き残してくれたもの」

「これは私がタイプしたもの」と見せてくれた。

お母さまが料理上手で、彼は子どものころから手伝って覚えたのだそうだ。引退して以来、料理一筋となり、月に二、三回は友人を招き、たまには近所の婦人連に教えたりもするということであった。

今日のメニューは、冷たいじゃがいものスープ（VICHYSSOISE）、かにのクレープ

マスタードソース添え（CRAB CREPES MUSTARD CREAM SAUCE）、鶏のシェリー酒煮（SHERRIED CHIKEN BREASTS）、シーザーサラダ（CAESAR SALAD）、冷たいオレンジスフレ（COLD ORANGE SOUFFLE）と豪華である。

全部書いたらページからはみ出てしまうと心配したが、彼は全部作るとがんばった。

★冷たいじゃがいものスープ

ヴィシソワーズはヴィシ風スープといわれるクリームスープである。

材料はさいの目に切ったじゃがいも$1\frac{1}{2}$カップ、小口切りのねぎ（白いところのみ）$1\frac{1}{2}$カップ、チキンスープ$2\frac{1}{2}$カップ、生クリーム一カップ、パセリ、パプリカ、塩、こしょう各少々。

じゃがいも、ねぎ、スープをなべに入れて塩こしょうし、野菜がやわらかくなるまで三〇〜四〇分中火で煮る。それをミキサー（アメリカではブレンダーとよぶ由）にかけた後、冷やしておく。冷えたら生クリームと混ぜ合わせ、パプリカをふり、パセリのみじん切り少々を散らして供する。

チキンスープは鶏ガラからとったもので軽く味がつけてあった。私は固形のチキンスープで作るが、それでもおいしくできる。ミキサーのないかたは裏ごし、ムーラン等いろいろな方法がある。

「ポテトではなくカリフラワーで作っても軽い味でいいですよ」と言われた。このスープは、冷たくて、口当りがやわらかくて、万人向きのおいしいスープである。

★かにのクレープ

材料はかに（冷凍たらばがに）二五〇グラム（かん詰めの場合は二個ぐらいだろう）、エシャロット（またはねぎ）のみじん切り大さじ一、卵黄二個分、バター大さじ三、シェリー酒大さじ一、ホワイトソース一カップ。

フライパンにバターをとかし、エシャロットをいためる。その中に軟骨を取ったかにを入れる。ばらばらにほぐしていためるのではなく、混ぜ合わせる程度でいい。

卵黄二個分をほぐした中にシェリー酒を入れてそれをかにの上にかけ、更にホワイトソースを入れて混ぜ合わせる。

クレープはすでに一六枚作ってあった。一度に三〇枚ぐらい作っては冷凍しておくのだそうだ。

クレープの材料は一二枚分で小麦粉六〇グラム、卵$1\frac{1}{2}$個、牛乳一カップ弱、バター（とかしたもの）大さじ二、サラダ油、塩各少々。

小麦粉と塩を合わせてよくふるっておく。ボールに卵を割り入れ、牛乳を加えて混ぜた中にこの小麦粉を入れ、なめらかになるまで泡立て器で混ぜる。とかしバターを加えて更に混ぜ、冷蔵庫で三時間ねかせておく。これをサラダ油をひいたフライパンで薄く薄く焼く。

このクレープにかにをのせ、くるくるっと巻いてグラタン皿に並べる。そして、マスタードクリームソースを上からたっぷりかけ、いただくときに電子レンジであたためた。

「天火で焼いてもいいけれど、電子レンジのほうが早いから」と言い「電子レンジの悪口を言う料理評論家がいるけれど、あの人たちは電子レンジの使い方を知らないのだと思いますよ。私は、電子レンジがあるおかげで、四〇人のお客を一人でまかないましたがね」とも言った。

ソースの材料は、バター大さじ二、小麦粉大さじ二、牛乳一カップ、生クリーム大さじ四、酢小さじ一、フレンチマスタード小さじ一、塩、こしょう各少々。

フライパンにバターをとかし、小麦粉を入れていため、その中に少しずつ牛乳を入れてのばす。これがホワイトソースの作り方である。この中に更に泡立てた生クリーム、酢、マスタード、塩、こしょうを入れ、混ぜ合わせる。

このソースは半分はクレープの上にかけ、残りは湯せんであたためておき、別の器に入れてクレープと共に供した。

★鶏のシェリー酒煮

これはたいへん簡単にできるうえ、見栄えもするいいお料理だった。

材料は鶏の胸肉四枚（二つ切りにして骨を取り除いておく）、クリームマッシュルームスープ（かん詰め）一個、シェリー酒二カップ弱、バター大さじ三、サワークリーム1/2カップ、パセリ。

フライパンにバターを熱し、鶏の皮のほうから並べて両面こんがりきつね色に焼く。鶏はグラタン皿に取り出しておく。

フライパンは洗わず、その中にシェリー酒を注ぎ、鶏の焦げかすなどはがしながら混ぜる。これを鶏の上にかけて天火に約一時間入れると、鶏は更に焦げ目がつき、やわらかくなる。

大皿に鶏を並べ、残り汁の浮いている脂を取り除き、クリームマッシュルームスープと混ぜ合わせ、更にサワークリームで味つけをする。これをあたためて鶏の上からまんべんなくかけ、パセリのみじん切りをふる。

シェリー酒色のクリームの中にこげ茶色の鶏が沈んでいる。味もまろやかでおいしかった。

★シーザーサラダ

「このサラダとドライマーティーニは各自ご自慢の作り方がありますが、私のもおいしいですよ」と彼は太った体をゆすってうれしそうに笑った。

材料だけ書いておこう。要するにドレッシングの材料を全部混ぜ合わせて、いただく直前にレタスとあえるだけである。

レタス（またはちしゃ）一個、刻んだゆで卵一個分、パルメザンチーズ大さじ六、ワイン酢大さじ三、オリーブ油大さじ九、クルトン（小さいさいの目に切った食パンを揚げたもの）一カップ、すりおろしたにんにく一かけ分、アンチョビーのすりつぶしたもの四枚分、塩、こしょう、マスタード、レモンジュース各少々。

パルメザンチーズとクルトン、ゆで卵以外のドレッシングの材料を混ぜた後、レタス、クルトンとあえ、上にパルメザンチーズとゆで卵をふりかけて供した。こくのあるおいしいサラダであった。

★冷たいオレンジスフレ

これも思ったより難しくなかった。翌日さっそく試してみたが、簡単にできてすてきなデザートである。

材料は卵四個、卵黄三個分、生クリーム一カップ、砂糖大さじ六、粉ゼラチン大さじ$1\frac{1}{2}$、オレンジジュース大さじ五、すりおろしたオレンジの皮大さじ一、オレンジ一個、チェリー（かん詰め）少々。

卵は割りほぐしてミキサー（アメリカでは電動泡立て器をミキサーと呼ぶらしい）にかける。私は、アメリカ人がブレンダーと呼ぶミキサーにかけたが、うまくできた。約五分かけると泡立ってくる。

オレンジジュースの中に粉ゼラチンを入れ、湯せんで溶かしておく。泡立った卵の中に砂糖と湯せんしたゼラチンを入れ、更に三分ほどミキサーで泡立てる。その中にオレンジの皮を入れ、泡立てた生クリームをゆっくり混ぜ合わせる。

スフレ皿（深めのグラタン皿）に入れて冷やすが、このとき、温かいスフレの盛り上がった感じをまねたければ、スフレ皿の周りに皿より高くパラフィン紙を巻き、皿より高く盛り入れる。そうして冷やせばそのまま固まるので、紙を取ると皿より二、三センチ盛り上がって見えて、皆驚きの声をあげるだろう。

プリム氏もそうしたかったらしいが、中身が少々足りなくてちょうどお皿に収まってしまった。

しばらく冷蔵庫で冷やしてからオレンジの薄切りとチェリーできれいに飾った。

テーブルの上ではミキサーが卵を、もう一つの小型ミキサーが生クリームを泡立てる。クレープにかにを巻き込み、残りのかにはポリ容器に入れて日付を書き込み、冷凍する。その合間におなべやボールを洗うので、テーブルも流し台も、いつもきれいだ。

すごい勢いで働いているし、その上手順がよくなれている。だからこれだけの料理が二時間足らずでできてしまった。アメリカ式能率的お手際に舌をまいた。

母娘で作る料理

うねうねとゆるやかなカーブの丘を車が登っていく。「軽井沢に来たみたい」と語り合ったほど都会離れのしたところだ。丘を登りきると広々とした青い空の下にすてきな家が並んでいた。東京・多摩市桜ヶ丘にお住まいの黒田みつ子夫人の取材である。

みつ子夫人は八月号で取材させていただいた黒田初子さんのご近親である。

「一〇代のころからいろいろ教えてもらいましたが一向に上達もしませんのよ」と、みつ子夫人は控えめに笑われた。

玄関を入ると居間、食堂と続き、それに沿って細長く、手入れの行き届いた芝生の庭がある。庭の先はがけなのか、空に向かって青く広がっているので、明るくて気持ちがいい。お料理の好きなかただけあって、台所は食堂と同じスペースを占めていた。

「今日は娘もできるやさしいお料理を二人で作ることにいたしました」ということであった。

メニューは、豚の蒸揚げ、吹寄せご飯、フルーツサラダ、ジャンブル。

お子さまは二人。お兄さまは明治大学の学生で、妹の桃子さんは立教女学院高校の三年生である。白いセーター姿があどけない、とてもチャーミングな桃子さんとお母さまの料理が始まった。

★豚の蒸揚げ

「これは長崎料理ですから」と夫人が言われた。作り方は簡単で、焼き豚よりも口当りがやわらかくておいしかった。皆さまにもぜひ試していただきたい一品である。

材料は四〜六人前で豚ヒレ肉(またはもも肉)四〇〇グラム、ねぎ一本、根しょうがのみじん切り小さじ二、しょうゆ大さじ六、かたくり粉大さじ四、揚げ油、盛合せ用にレタス1/2個。

作り方は、まずしょうゆの中にみじん切りのねぎ、しょうがを入れ、その中に豚肉を入れて三〇分ねかせておく。豚肉を引き上げ、深皿に入れて二〇分蒸す(蒸しすぎるとぱさぱさになるので注意すること)。

蒸した後、皿に汁がたまっているが、これはいただくときのつけ汁にするのでとっておく。

初めに作ったつけ汁にかたくり粉の水溶きを加え、蒸し上がった豚肉にまぶしつける。油を熱した中にこの豚肉を入れ、ころころ転がすようにして全面に焦げ目をつける。これはほんとうに手早く、約一分ぐらいで油から上げる。

冷えたところで五、六ミリぐらいの薄切りに切る。よく洗ったレタス（またはキャベツ）を細切りにして皿に広げ、薄切りの豚肉をのせ、蒸したときの汁を添えて供する。

★吹寄せご飯

これはのり茶づけ、さけ茶づけにもっとバラエティをつけたもので、洋風でもある。材料はハム一〇〇グラム、ゆで卵二個、ねぎ二本、たらこ一〇〇グラム、小えび一五〇グラム、三つ葉小一束、もみのり、紅しょうが少々、わさび一本、スープ七〜八カップ、ご飯。

えびは塩水で洗い、殻と背わたを除いてさっとゆで、みじん切りにしておく。卵もみじん切り、のりは乾いたふきんで包んでもむ。

ハム、ねぎ、三つ葉、紅しょうがはみじん切り、たらこは皮を取り除き、からいりしてぱらぱらにほぐしておく。

以上の材料は一品ずつ皿にのせるが、大皿に格好よく盛り合わせてもいい。スープは、若い人向きには鶏のガラで、中年向きにはかつおぶしでとり、味を薄くつける。いただき方は、ご飯の上に好きな具をのせ、わさびをのせてスープをかける。私はお茶づけ、汁かけなどがあまり好きではないのでご飯の上に好きな具を少しずつのせていただいたが、とてもおいしくて幸せだった。特にいったたらこが香ばしく、味が濃くて好評だった。

これはパーティのときなどに作ってもいいし、夜食にも向いていると思う。インドネシアに〝ライスターフェル〟という料理がある。小皿にいろいろなおかずが出て、それをご飯の上にかけ、混ぜ合わせていただくのを思い出した。具にいろいろと工夫を加え、数を増やしたら、それだけでパーティ料理になると思う。

★フルーツサラダ

材料はエバミルク（または牛乳）大さじ一〇、砂糖大さじ六（甘いミルクの場合は不要）、酢（またはレモン汁）大さじ二、果物（なし一個、りんご二個、みかん四個、バナナ一本）。

果物はこのほかに、いちごとバナナ、いちじくとなし、オレンジとりんご、柿となしとりんごなどの取合せでもいい。要するに、季節のフルーツを細かく切り、ソースであえて冷やし、しゃっきりした味を楽しむ美容食、健康食である。デザートにも朝食にもなるサラダである。

ソースは黒田初子さんの考えられたもので、〝黒田ソース〟と呼ぶ。エバミルクに砂糖を混ぜ、その中に酢またはレモン汁を少しずつ加えながらかき混ぜていくと、とろっとした甘ずっぱいソースができる。

このソースで果物をあえる。果物の酸味がソースの甘みを消してさっぱりとしたおいしさであった。

★ジャンブル

ジャンブルはS字形のクッキーである。材料は小麦粉一カップ、砂糖1/3カップ、卵一個、バター大さじ二、レモンエッセンス小さじ一、シナモン（粉）小さじ1/2、塩小さじ一、油少々。

作り方はまずバターをとろりと練り、その中に砂糖を入れてへらでよく練り合わせる。クリーム状になったら卵をほぐして加えて混ぜ、更にレモンエッセンスを入れる。

小麦粉に塩とシナモンを加えてふるいにかけ、前述のものに加えて軽く混ぜる。まな板に粉をふった上にのせ、軽くこねてまとめる。

「このくらいでいいかしら」桃子さんはお母さまの顔を見る。

「少しやわらかいようね」「粉を足してもいい」「少しだけね」まとまったらめん棒で五ミリの厚さにのばす。

「四角くのばしましょうね」みつ子夫人はほんとうに優しいお母さまだ。四角にのばしたらそれを包丁で五ミリぐらいの幅で細長く切る。

「ヒャー、太くなっちゃった」と桃子さんが悲鳴をあげる。

「大丈夫よ、S字にまとめましょう」約一二〜一三個のS字形クッキーは油をひいた天板に並べて、あたためておいた天火で二〇分焼いた。甘すぎなくて、いかにもホームメードの味がするクッキーだった。

「学校の文化祭でこのクッキーをたくさん焼いたことがあるのですよ」とお母さまが言われた。

　一七歳の今からこうしてお母さまのお手伝いをしながら料理を覚えていく。それはすてきなことだと思う。桃子さんも、みつ子夫人のようにすてきなミセス、すてきなお母さまになられることだろう。

五十嵐喜芳さんのイタリア料理

今月はイタリアに留学されていたテナーの五十嵐喜芳《きよし》さんをご訪問した。田園調布のお宅は、一階がガレージ、二階が居間、食堂、台所で三階が寝室の、瀟洒な構えである。

広々とした大きな居間に入ったとたんヨーロッパのふんいきが身を包む。グランドピアノにそってゆったりしたソファが並び、壁面は濃紺の布張りである。窓側は白いレースのカーテンに白い壁紙で明るい。居間と食堂の境はレースのカーテンで、開けておけば一間になる。

居間のほうには天井から細長いランプが何本もさがっている。黄色、グレー、うぐいす色、それに白黒の縞模様。食堂のランプも皆デンマーク製の由。この照明が実にしゃれていてすてきなふんいきをつくっていた。

五十嵐さんは時間ぎりぎりに京都から帰ってこられた。

「昨夜は教え子たちと飲んじゃってね」と言われた。五十嵐さんは大阪の音楽学校を卒業された後、京都で高校の先生をされていたのだそうだ。たまたま京都に来られた四家文子先生が日本人にはまれな彼のリリックテナーに聞きほれて上京をすすめられた。

「だから僕は四家先生の書生をしながら、芸大を卒業したんです。ワイフは芸大の同級生ですが、僕は回り道をしていたから六歳年上なんです」ということである。ローマには四年留学されていた。ローマ生れの麻利江さんと三人暮しである。

今日のメニューは、インサラータ・マリナーラ（海のサラダ）、スパゲッティ・ア・ラ・ボスカイヨーラ（森のスパゲッティ）、サルティンボカ（子牛の料理）、それにインサラータ・ディ・ポモドール（トマトのサラダ）である。

★海のサラダ

海のサラダは前菜で食後のサラダではない。

材料はだいたい六人前として、もんごういか一ぱい、芝えび五〇〇グラム、あさりのむき身二〇〇グラム、玉ねぎ、にんにく、パセリ、アンチョビーソース、レモン、酢、オリーブ油、塩、こしょう。

いかはさっとゆでて薄切りにする。芝えびは殻を取り、あさりは洗ってからさっとゆでる。ゆでる場合、湯に塩少々を入れておく。これらが皆冷めたらみじん切りの玉ねぎ、にんにくとあえる。

全部器に入れ、塩、こしょう、アンチョビーソース、酢、オリーブ油を上から入れて混ぜる。酢はイタリア製、油はオリーブ油を必ず使う。

「ああ!!」と皆が心配の声をあげてしまうほど酢や油をたっぷり入れてしまう。

「男性的ですね」と感嘆しながらも、気になるほどたっぷりのドレッシングである。

「酢でしめたあじや、ちょっとゆがいた帆立貝を入れたほうがいいんだけどね」と五十嵐さん。「インサラータ・マリナーラには入れないのよ」と夫人、「でも入れたほうが好きだな」そう言いながらも油を入れ続ける。でき上りにレモンの薄切りとパセリのみじん切りをのせた。

「これは六時間ぐらいねかせて食べるとおいしいんですよ」ということだった。いただいて驚いた。ドレッシングのかけすぎではないかと気にしていたが、実にいい味なのだ。日本離れのした本物の味である。

ついでに食後のサラダの作り方も書いておこう。トマトはくし形に切り、いんげんはゆで、玉ねぎはみじん切りにしておく。それらを酢、油、塩、こしょうのドレッシ

ングでさっとあえた。

「アンチョビーソース入れようか」と五十嵐さんが聞くと、麻利江さんが「これには入れないほうがいいわ」と言い、五十嵐さんはとても素直に従った。麻利江さんは美しいお嬢さんだ。音楽学校受験の勉強をしている。

「父の声だけならよかったのに母の声が混じったから私だめなの」と言う。お母さまは作曲科を卒業されたのだそうだ。

「何も作らない作曲家なのですよ」と五十嵐さんが笑った。

★森のスパゲッティ

このスパゲッティにはフランス製のドライドマッシュルームを使った。セープと呼ばれるしいたけのようなきのこである。これを使うので、森のスパゲッティと呼ばれる。日本の場合、しいたけかマッシュルームを使うといいだろう。

材料はスパゲッティ一箱、ドライドマッシュルーム一つかみ（マッシュルームなら約一五個）、ツナ（シーチキン）かん詰め小一かん、玉ねぎ一個、にんにく一かけ、とうがらし二本、ホールトマト一かん、オリーブ油$\frac{1}{2}$カップ、固形スープ二個、赤ぶどう酒、バター、塩、こしょう各少々、飾り用としてパセリみじん切り。

玉ねぎ、にんにくは皮をむき、みじん切りにする。ドライドマッシュルームは水につけてもどし、粗切りに、とうがらしは縦二つ切りにする。

深い厚なべにオリーブ油を入れ、玉ねぎ、にんにくを中火でゆっくりいためる。ゆっくりいためないと甘みが出ないということである。充分にいためたら、ドライドマッシュルームととうがらしを加え、さらにツナをほぐしながら加えて、よくいためる。

その中にホールトマト、マッシュルームのつけ汁一カップ、ぶどう酒少々、固形スープを入れ、塩、こしょうを加え、更にバター少々を入れてグツグツと二〇～三〇分煮る。汁がとろっとなればでき上りである。

ホールトマトは国産のものも市販されているが、イタリア製もスーパーマーケットなどで見られる。ホールトマトが手に入らない場合は、よく熟れた赤いトマトをさっとゆで、皮をむいて使う（一かん分として五、六個）。赤みが足りない場合はトマトペースト大さじ山一杯を入れるといい。

スパゲッティをたっぷりのお湯でゆで、ざるに上げてから一人一人の皿に盛り、その上に森のソースをとろりとかけ、真ん中にみじん切りのパセリ一つまみをのせた。とても形よく盛られていて、味も最高だった。

★子牛の料理

材料は子牛肉の薄切り、生ハム、チーズ薄切り、それぞれ一人一枚あて、セージ、オリーブ油、マルサーラ酒（シシリーのお酒）、小麦粉各少々。

子牛肉は薄くたたき、粉をまぶして、焦げないように油で両面いためる。耐熱器にその肉を並べ、その上に生ハムをのせ、更にチーズをのせ、セージとマルサーラ酒をふりかけた後、天火で上のチーズがとろっととけるまで焼く。

焼きたてをそのままテーブルに出し、ほかほかに熱いところをいただく。生ハムが辛いので塩はふらなかった。いかにもイタリアらしいお料理で、そして簡単にできる一品である。チーズはモッツァレラという柔らかい味のチーズを使った。

子牛、生ハム、モッツァレラチーズが手に入らない場合は、薄切りの若鶏、ハム、手に入るチーズでできる。マルサーラ酒の代りにシェリー酒、ボルドー酒、またはビール少々をふりかけてもうまくできる。その場合は、肉に塩こしょうしてから焼いたほうがいいだろう。

食卓にはかわいらしい花模様のお皿がセッティングされていた。それはスペインから買ってこられたのだそうだ。塩、こしょう入れ、油と酢を入れる焼き物はソレントのものだった。すてきな食堂で、キャンティの白ぶどう酒を飲みながら、すてきなイタリア料理をごちそうになり、幸せだった。

ある雑誌に五十嵐夫人が夫を語っていた。「頼りがいのある〝おじさん〟と思って結婚しました。いるだけで家の中がぱっと明るくなる不思議な人です」とあった。その上にお料理上手。すばらしいご主人である。

懐かしいパリの街、人

パリやさしい街よ
たとえ涙で
今日は暮れても
また、明日がくれば、
ほほえみかける
おお、パリ

「パリ」
堀内　敬一訳詩

戦後のシャンソンを始めて聞いたのは、留学先であるサンフランシスコだった。レコード屋ではやりの曲を買った。ジャクリーヌ・フランソワの「ボレロ」、イヴ・モンタンの「枯葉」、そしてエディト・ピアフの「パリ」だった。「パリ」の中でピアフは、セーヌ河を、焼栗売りを、朝のキャフェ・オ・レを、ぬれた歩道の匂いを、モンパルナスのキャフェ・ドームを、マロニエの並木を、チュイルリーの公園を歌っていた。

その歌を聞きながら私は昔みた映画「ぺぺルモコ」を思い出した。

アルジェリアのカスバに追いこまれている悪党の役をジャン・ギャバンが、そこを観光に訪れた金持ちの婦人をミレイユ・バランが演じていた。

ミレイユ・バラン——。その美しい人は甘い歌声で女性達を魅了したシャンソン歌手、ティノ・ロッシの夫人だったという事でよくおぼえている。

その悪党と婦人の間に共通点はない。ただ二人とも孤独で、パリを懐かしんでいる。何と言ったかおぼえてはいないが、「モンマルトルの丘」「ピガール」「噴水」「バル・ミュゼット（踊り場）」「アコルデオン」「ジャバのリズム」「パリの夜明け」……と、かわるがわるに思い出を口にして、最後に「メトロ（地下鉄）」と言葉が重なる。

思わずみつめあった二人の瞳に不幸な恋がしのびよる。

この映画にはフレールという歌手が出演していた。

今やフレールと言えばダミアと共に歴史的な歌手である。

しかしこの人はモーリス・シュバリエを熱愛し、シュバリエがミスタンゲット（レビュの女王といわれた歌手）のもとにはしったとき、その傷にたえられず、何と十年以上もパリから姿を消したのだった。

この映画に出たときはパリに帰り、奇跡的にカムバックしたあとである。しかしこの人の顔つきにまで残された心の傷あとは、流れ流れてカスバに住みついた女の暗さを辛い程にまざまざと写し出していた。

小さいまずしい店の女主人に扮したフレールは、かつて自分が吹き込んだレコードにあわせて、しわがれた声で歌う。

「モンマルトルの挽歌（原題「あの人は今どこに」）」。

「ブランシュ広場の風車（ムーランルージュ）」はどこにあるのだろう。

行きつけの煙草屋と街角の居酒屋は？

なつかしい踊り場は、

アコルデオンの奏でるジャバは、

安食堂のクレープやポテトフライは――。

目をつむったフレールのシワの深い頬を大つぶの涙がつたった。

ペペルモコ（望郷）という映画と共にこのシャンソンも、フレールも忘れ難い。

日本の歌にもアメリカの歌にも、その土地を懐かしみ、その土地の山や海や河によせる思いを歌っているものは少なくない。しかし「パリ」ほどやるせないほどにその街角を、音を、匂いを歌いあげられているところはないと思う。

パリにしばらく住んでいたら冬の焼栗に思い出のない人はいないだろう。

寒空の下で着ぶくれたおばさんかおじさんが栗を焼いている。甘栗とちがって渋皮がよくはがれず、たべにくいものだが、たべるより温まるために買う。

ポケットに入れると懐炉《かいろ》を入れているようにほかほかする。

一つのポケットに二人のからみあった手が入っていたりする。

クレープ、ポテトフライも庶民のたべものだった。

仕事の合間にかけ出して買ってくる。

「あら、油の匂いがする。ポム・フリット（ポテトフライ）買ってきたのでしょう」と、匂いでばれたりした。

モンパルナスのキャフェ・ドーム。

今では隣のクーポールのほうがはやっているけれど、昔は貧乏絵かきや、彫刻家たち、詩人たちはドームに集まった。

モヂリアニ、シャガール、ピカソ、ゴッホ、そしてフジタ。

歴史を作った人々が集まったそのキャフェは、フレールがなつかしんで歌っていた、街角にある煙草売場のついたどこにでもあるようなキャフェであった。

私たちもキャフェ・ドームにはよく集まった。画家の田淵安一、西村計雄、堂本尚郎、歌手の砂原美智子……。

皆、貧乏だったけれど若かった。

「パリ」というシャンソンを歌うとき、パリが、思い出が、胸によみがえる。

パリ祭

岡本かの子女史の「巴里祭」を読むとパリの人々は七月十三日の前夜祭から浮かれ歩き、当日はめかしにめかしこんで朝からお祭りを楽しんだものと書かれている。

私がパリに行った一九五一年にはパリ祭と言っても大さわぎのお祭りではなく、むしろ七月十四日、革命記念のためのお祝いの花火とか、シャンゼリゼ大通りの軍隊の行進以外にはその頃から始まる長い夏休み、ヴァカンスの方に人々は気をとられているようだった。

一九三三年にヒットしたルネ・クレールの映画、フランス革命記念日そのものの名をつけた「キャトーズ・ジュイエ（七月十四日）」は日本で封切られたとき「巴里祭」と名付けられた。

何と夢のある美しい名前、そしてその主題歌の何とすばらしい事。それによってパリ祭は日本に定着したのではないかと思われる。

一九五一年の頃はそれでも街角の即席舞台に素人バンドが乗ってズンダッダ、ズンダッダとワルツを奏で、道ゆく人は知らない同志でも踊ったものだった。

その頃の花火は日本の立派な花火と全く違って「ポン」と音がしてふりかえるともう花火は消えているといった具合だった。

しかしシャンゼリゼの軍隊パレードは呼びもので、パレードを見るために前の日から席とり戦争が始まる。

感動したのは外人部隊だった。アラブ系のすばらしい馬にまたがって駆けてゆく陽にやけた騎馬隊の男達。

燃えるような緋のマントを羽織って駱駝《らくだ》に乗って行進してくる部隊。

そこにはかつてみた映画、「外人部隊」と重なるストーリーが見えた。

過去に傷を持った男達。

苦しくとも死にきれなかった男達。

国籍をすてた男達もその日は派手な衣装を身にまとい、シャンゼリゼ通りを駆けぬける。

そしてまた、その裏にはかつて家を出て行ってしまった最愛の息子。

罪をおかして逃げた昔の恋人の姿を目で追い求める女達の熱いまなざしもあるのだ

と聞いた。

Dream

心が沈みがちなとき　夢をみましょう
物事は思いなやむ程　悪いほうにばかり
ゆくものではないのだから
さあ　夢をみましょう

ジャズ「ドリーム」より

「ドリーム」。この歌が、このメロディーが聞えてくると私は今でも平静ではいられなくなる。心の中がざわざわとさわぐのである。

終戦の秋、ニューパシフィック楽団というジャズバンドが結成された。ベテラン奏者が集ったこの楽団は音を出すことのできなかった戦争中のうっぷんを一挙にはらすが如くいきいきとすばらしい演奏をした。

私はその楽団の専属歌手で、一番初めに歌った歌が「ドリーム」であった。この曲は楽団のテーマソングだったから、毎晩このメロディーで幕があいた。

芸大でドイツ歌曲を勉強していたのは戦争中のことである。男の生徒が学徒出陣をして行ったため短期卒業をしたほどだったから、卒業してもクラシック歌手として活躍することはなく、終戦を迎えた。芸大で習ったものをそのまま生かすことができたのは白百合高女の音楽講師を勤めた時くらいのものであろう。ドイツ歌曲を専門にした身が、突然ジャズ歌手に転じたのにはわけもあるが、それはそれとして新しい時代を迎え、私も新しい出発ができることは嬉しかった。

戦争が終った。

生きていてまた歌がうたえる。その幸せな思いは、今の若い人達は理解できないことだろう。死んでしまうかもしれない、自分のしたいことは何一つできぬままどうなってゆくのだろう、という戦争末期の不安な思いよりも、敗戦を受け止めるほうがありがたかった。

ニューパシフィック楽団は三十名のメンバーで、バンドリーダーは、きびしいけれど心の奥はとても優しい松本伸さん。ボーカルは森山久、ティーブ釜萢《かまやつ》、それに私だった。森山さんとティーブさんはアメリカ育ちだったから英語の発音を直してくれたり歌い方を教えてくれたりした。

しかし洋画も封切られずTVもなく、レコードも譜面も売っていなかった頃ジャズを歌ってゆくことは手さぐりの状態であった。

外国へ行ってみたい。

この目でこの耳で外国の舞台をしっかりと見聞したいと願った。

やっと留学生としてアメリカに渡り、パリでシャンソン歌手として一本立ちできたときはすでに三十歳になっていた。

それから又三十年の年月が流れた。

今では森山久、ティーブ釜萢というより、娘の森山良子、息子のかまやつひろしのほうを人々は知っていることだろう。

最近モーパッサンの「女の一生」を読みかえした。その小説の女主人公は私と同じくらいいや私より少し若いだろう。夢多き少女は、結婚して夫に裏切られて一人息子にだけ夢を托して生きてゆく。しかしその息子も青年になれば恋をして母のふところからはなれてゆく。夫に頼り、子供のために生きてきた女主人公にもはや残されたものは一つもない。最後に孫を抱いてほほずりしながら彼女はつぶやく。

「世の中って人が思う程いいものでも悪いものでもありませんね」

私はこの言葉を悲しいと思う。あまりにも「女の一生」は母もの悲劇的であるからだ。自分というもののない諦めの人生は淋しく悲しいと思う。

「ドリーム」の歌詞もモーパッサンのえがいた女主人公の言葉に似てはいる。しかし「物事はそう悪くばかりはならないのだから夢を見ましょう」というほうが明るい希望に向いている。

ふりかえってみれば私の人生にも色々なことがあった。

一番鮮明な思いは終戦の秋に「ドリーム」を歌って再出発をしたときである。皆貧乏で飢えていた。皆不幸たらしい姿をして、そして皆不幸な思いを背中にしょっていた。けれども私にはその頃が懐かしい。華やかでは決してなかったが私の青春があったから。そして夢も希望も持っていたから。三十年たった今もその時の思いを忘れず私は夢をいだいて生きてゆくつもりである。

黒を着るひと

音楽学校の生徒の頃、友人の家でシャンソンのレコードを聞いた。リュシエンヌ・ボワイエが甘い優しい声で“Parlez-Moi D'amour”（聞かせてよ愛の言葉を）と歌うのを聞き、この世にこんな美しい歌もあったのかと心をゆすぶられた。

シャンソンアルバムのある事を知ってすぐ手に入れた。蘆原英了氏の解説つきアルバムにはダミア、ミスタンゲット、ジョセフィン・ベーカー。男性歌手はティノ・ロッシ、モーリス・シュバリエ、シャルル・トルネの曲が入っていた。その頃私はドイツリートを専門に勉強していてシャンソン歌手になるとは思ってもいなかったが、シャンソンに魅せられてこのようなレコードを毎日毎日聞いていた。

パリへ初めて行ったのは一九五一年の暮れであった。

ダミアがブッフ・ドュ・ノルドという劇場に出演していたので毎晩聞きにいった。幕が上がってダミアが出てきたとき私は息をのんだ。黒い袖なしのイブニングドレスに真紅の床までたれる長いショールをかけた姿は私がレコードから想像していた人よりずっと美しく、また大きく見えたからであった。ショールをぬぎすてたあとは黒いドレスでずっと歌った。黒いドレスは歌を邪魔しない、歌う人と一体になれる事を知った。

「ダミアの前にも先にもダミアのような歌手は出ない」といわれたダミアの舞台を何回も見る事ができたのは幸せな事であった。

　エディット・ピアフも黒一色で舞台に出た。ピアフの場合は長袖の地味なワンピースだった。「歌で勝負！」それだけだった。

　グレコも同じく黒だが長袖のロングドレスで仕立てがよく、シックである。あれはジェスチャーなのか、またはくせなのか、袖口の小さいボタンをいつも気にして、さわっている。グレコのドレスからはダミアやピアフには無い高級衣装店の香りがつたわってくる。黒を着る人は声のひくいドラマティックな歌を歌う人とも言えるようだ。

　ジャクリーヌ・フランソワ、イベット・ジロー、リーヌ・ルノーなどは声も優しく明るい歌、甘い歌を色どりも美しいドレスで歌っている。

　シャンソン歌手でもミスタンゲット、ジョセフィン・ベーカーはレビュのスターである。だから歌う歌も派手な明るい曲が多いし、衣装はレビュの大舞台に負けないように特別に華やかである。

〝琥珀の女王〟とよばれたジョセフィン・ベーカーの衣装は目をみはる美しさだったし、髪型も高く高く結いあげ、アクセサリーもキラキラと大きく光り輝いていた。美しい姿で語りかけ踊りながら歌う姿に、エンターテイナーとはこういうものかと、どぎもを抜かれたものである。

私が初めて舞台に立ったのは終戦の年の秋だった。戦後の事だからイブニングドレスなど持っていなかったので、母からもらった黒紋付の羽織でロングドレスを作った。布地が限られているから胸を広く開け、前はシャーリングをとってタイトにつくり、膝から下はちょっと開いて足首を出した非常にシンプルなドレスであった。その衣装一枚しかなかった頃は、胸に造花をつけたりはずしたりして変化をつけているつもりであった。一枚しかない事をその頃は苦にしていたが、今考えるとそのスタイルはなかなかシックだし、前記のごとく歌を邪魔しないドレスであった。

私はひらひらとジョーゼットをひるがえすような柔らかい美しいドレスが好きで、「ゴンドリエ」や「フルフル」を歌うときは布をひるがえして歌った。そのようなドレスは甘い明るい歌に合ってもドラマティックな歌には合わない。衣装の印象が強すぎると、その衣装はある歌とぴったりしてもある歌は邪魔するのだ。

かつて、ダミアが歌った「かもめ」という歌のリクエストが多いが、悲しい歌なので派手な衣装では歌えないから、白か黒の袖なしタイトのドレスで歌っていた。ある日、君島一郎さんのコレクションを見にいったら、合成の白い皮状の布地にはさみを入れて、まるで鳥の羽のように作ったドレスが目をひいた。これを着て「かもめ」を歌いたいと思って求めた、その衣装をつけると、自分がかもめになったような気分になったし、見た人は歌と一体になるそのドレスにびっくりしてくれた。しかし、そのドレスは「かもめ」以外の歌には合わないので使い道がむずかしい。

終戦の年、羽織をほぐして黒いドレスを作ったのは倉持ふくという洋裁師であった。以来四十年、私の希望するドレスを倉持さんが縫いつづけてきた。パリの〝のみの市〟で山積みになっている古衣装、その中からできるだけ大きくて美しい飾り石のついているのを一山いくらで買ってきて、日本に持ち帰った。倉持さんがほぐして石を洗って、そして目にまばゆいほど美しいドレスを作った。あまり歌わなくなっていた一時期、後輩や知人にあげてしまって、石のついているドレスは今一枚しか残っていない。しかし、その一枚のドレスは二十数年経った今でもちっとも古くさくならず、やはり手をかけたよいものは長もちするものだと感心している。

この秋で私は歌手生活四十周年を迎える。四十周年といえば長い年月だが、過ぎてみればいつの間にか過ぎた年月でもある。ふり返ってみればこの四十年、何十枚いやそれ以上の衣装を着たと思う。その衣装の想い出、それを着て歌ったときの私の心のあり方、そんな事を一冊の本にした。「装歌マイ・ソング、マイ・コスチューム」。その本を書き終わって私は「なーんだ」と思った。初めて舞台で着た黒いロングドレスから四十年たった今、私が着たいと思っているドレスは同じようなものだという事に気がついたからであった。

ジョワイヨー・ノエル

十二月は師走の月といわれる。

師走というのは、自分のペースをくずさず勉学にいそしみ、また教えている教師さえいそがしく走り回る月、という意味だそうだ。

たしかに、あまりいそがしくない人でも、周囲があわただしく動き回ると、何だか落ち着かなくなり、追われているような気分になるものだ。

家庭の主婦にとって、年末年始は「たのしい」というより、「いそがしい」といったほうが正しいだろう。

私のように家庭よりも仕事を主にしていた身にも年末年始はいそがしかった。そのころは催し物が多いから仕事も多い。人々が連れ立ってクリスマスプレゼントや暮れの贈答品を買いに出かけていっても、私にはそのひまはなかったし、クリスマスパーティーにもお正月の祝いの席にも出席することができなかった。楽しい人々の集まりを、私はいつも横目でながめて過ごした。

だからこの数年、仕事が楽になって人並みにクリスマスやお正月を祝えると、そのうれしさは格別である。

長いこと外国にいたから、家人とも会うことのないクリスマス、お正月を何回も味わった。ヨーロッパやアメリカではお正月は全くの寝正月である。

十二月三十一日のニューイヤーズ・イブ、十二時になるといっせいに教会の鐘が鳴りひびき、人々は抱きあい、キッスを交わし、「新年おめでとう」と言う。そのときがお正月で、そのあとは何もない。年賀の挨拶もなければ、おせち料理もなく、おとそを祝うこともなく、凧あげ、羽根つきもない。新しい服に着がえることすらしない。

そのような味気ないお正月を迎えるときだけ、私はいつもホームシック的な気分になり、日本のお正月を懐かしんだ。日本のお正月は、たくさんの思い出に包まれていることをそのときしみじみと知った。

お正月を祝う習慣のない欧米の人々は、そのかわりクリスマスを十分たのしむ。日本では〝正月休み〟ということが、あちらは〝クリスマス休暇〟と呼ぶことになる。

十二月に入ったら、人々はクリスマスプレゼントを買うために、寒空の下を急ぎ足で歩き回る。

クリスマスには、外国へ留学している子供も、地方に勤めている親類も家に帰ってくる。

一家団らんの中でクリスマス料理をかこみ、プレゼントを分けあうのが、その年最後の、そして最高の幸せなときなのだ。

クリスマスのお料理は、フランスではブーダン・ブランという小型で白っぽいソーセージ、それから栗をいっぱいお腹につめた鳥の丸焼きである。クリスマスケーキは、苺のショートケーキではなく、薪《まき》の形をあしらったブッシュ・ド・ノエルときまっている。

ブッシュ・ド・ノエルに、きのこや木蔦《きづた》のデコレーションがほどこされているのは、それが幸せのシンボルだからといわれた。

私はいつも歌っていたから、二十四日のクリスマス・イブも、二十五日のクリスマスの夜も楽屋で過ごした。「今夜はお客様が少ないのね」といったら、「当たり前じゃない、クリスマスだもの」と言われた。

クリスマスはキリストの誕生日である。クリスマスだからどんちゃんさわぎをしようという気持ちはないのだった。皆、家族と夕食を共にした。そしてそのあと遊びに出る人もいた。

しかし遊びに出るより教会のミサに行く人のほうが多かった。私たちも休憩の時間、少しでもクリスマスの雰囲気にひたりたくて、近くの教会へかけ出していった。どの教会もクリスマス・イブとニューイヤーズ・イブは、ロウソクの明かりに包まれミサを行っていた。

パイプオルガンが鳴りひびき、ボーイソプラノの賛美歌の声が会場いっぱいに広がっていた。女性は皆ベールかショールを頭からかぶっていた。神父様が聖書をひとくぎりずつ読むと、会場の善男善女は皆、声をそろえてその後をとなえた。ほんの五分か十分、私たちはそのなかに身を置いてから、急いで木枯らしの吹く外へとび出していった。

仕事場にとび込むと、ギャルソンが「シャンペンでもあけようか」と、キッチンの隅にさそってくれた。「ジョワイヨー・ノエル（クリスマスおめでとう）」。シャンペンの盃を高く上げ、クリスマスケーキの一片をほおばりながら、私たちは楽屋に上がっていった。

キューバのハバナでクリスマスを過ごしたこともあった。ハバナのホテルで行われるクリスマスに歌いにいったのだが、お砂糖がとれるお芋形をした南の島くらいにしか思っていなかったのに、ホテルやクラブがあまりにも大勢でどぎもをぬかれた。

クラブはカジノになっていて、ルーレットが盛んに行われ、人々は湯水のごとくお金を遣っていた。ビンゴなどというものは、子供か家族の遊びかと思っていたのだが、ハバナのクラブでは一等賞に新車のキャデラックが当たった。ショーも華やかで大規模。ニューヨークのレディオシティー、パリのリドも顔負けのすばらしさであった。

そのような所では、アメリカをはじめ各国の金持ちが集まり、砂糖成金や葉巻成金のキューバ人もたむろしていた。その男たちのまわりにむらがっているのは、キューバ人とスペイン人の混血娘たちだった。皆チャーミングで美しく、若かった。それなのに、その女性たちは心から幸せそうには見えなかった。

皆、生活のために身を落としている女性たちで、化粧室に入ると大っぴらにコカインを嗅ぎ、元気をふりしぼってまた男の元へ行くのだった。

一歩外へ出ると、よれよれの服を着たよれよれの男が物乞いに寄ってきたし、幼児を抱いたはだしの女が手をさし出した。希望を失ったどんよりした目付きの人がうろうろしていた。

一年後、革命が起きたが、それを知ったとき、私は起こるべくして起きた革命だと思った。まともな生活のないところには、平和もないのだと思ったのだった。キューバの金持ち夫人たちは、夫と共に外出することもなく家を守り、夫の浮気にも見て見ぬふりをして、淋しく生涯を終わると聞いた。

日本も昔はそんなふうだった。しかしお正月だけはどんなに家庭をかえりみぬ男性も、家にいて年賀をうけ、夫として親としてそのつとめを果たしたのだから、キューバよりはましだと思う。

今はどこの国の人も、家庭を大切にするようになったし、家庭の幸せがまず何よりと考えている人が多くなった。

マイホーム主義などだらしない、という人もいるが、幸せな家庭があってこそ、良い仕事もできると言いたい。

温かい懐かしい思い出のつくれるクリスマスや、お正月を大切にして、それをどのように過ごそうかと計画をねるのもまた一つのたのしみである。

幸せというものは、人があたえてくれるものではなくて、自分からつくってゆくものではないかしら、と思っているこのごろである。

モンマルトルの東洋人

モンマルトルは芸人の街といわれる。「カジノ・ド・パリ」「フォリーベルジェール」の二大劇場を始め、小劇場、キャバレー、ナイトクラブが沢山あるから、そこに出演する人々もそのあたりに住むのである。

私もこの例にもれず、モンマルトルで歌っていたときは歩いて帰れる場所に住んでいた。私の仕事場の入り口には、レビューの写真が飾ってあって、私の舞台姿が大きく出ているので、その前を通るときは気はずかしかった。

ある日、たまたま仕事場の前を歩いていたら、小柄な東洋人が、たどたどしい日本語で「コニチハ」と話しかけてきた。

その頃は、今のように日本人に会うことはめったになかったから、ベトナムの女性かしらと思った。

「私日本人なの、あなた日本人でしょう？」その女性はフランス語で話した。日本語は忘れてしまったという。「あなたの写真をよく見ているのよ、私も昔はボビノ座に出演していたの」というのにびっくりしてあらためて彼女を眺めた。

色白で小柄なせいかあまり年をとっているようにはみえない。しかし「マダム・貞《さだ》奴《やっこ》がシャンゼリゼ劇場に出ていた頃だった」というのだから、これはまた大昔の話だ。貞奴は元芸者。川上音二郎という変わった男性と結婚して一座を組み、一行二十数名がパリの万博に乗りこんで、大成功を博した女性である。

私がパリでデビューしたとき、新聞は「貞奴以来の日本人歌手」と書いた。それ程の人気を博した貞奴と同じ頃、その女性はボビノ座で、親方と共に曲芸をしていたという。

彼女が「ポスターみせましょうか」というので、私はもちろんついていった。オランピア劇場がまだ映画館だった頃だから、ボビノ座はパリ一番のミュージックホールだった。その舞台を踏んだという日本人の名を私は聞いたこともない。だからおどろき、いささか興奮気味に彼女のあとをついていったのだった。

ピガール広場からあまりはなれないところに、シルク・メドラノ（サーカス劇場）

がある。彼女の家はそのすじ向かいで、パリには珍しく小さい庭つきの、小ぢんまりしたアパートだった。

居間にはボビノ座の、大きなポスターがかかっていた。ハッピ姿の日本の男が、片方の肩に長い長い竹ざおをのせ、その上で日本髪、着物姿の女性が逆立ちをしている絵だった。

物心もつかないうちにサーカスに売られて、日清戦争の頃、一座と共にアメリカ巡業に出発し、日露戦争の時はアメリカで働いていたという。

子供の頃、親のいうことをきかないと大人達は、「サーカスに売りますよ」「サーカスの人がさらいに来るから」と子供をおどかしたものだ。サーカスに入ると鞭打たれながら、はげしく仕込まれ、身体を柔らかくするためにお酢を飲まされるときいていた。

丸顔の優しい顔をしたその女性が、サーカスに売られた人なのだ。そんなことなどまるで自分とは関係のないことのように過ごしてきたのに、その人は私の目の前に座っていた。

「それは盛んなものでしたよ、どこへ行っても日本のサーカスはもてはやされて。アメリカ巡業のあと、みな国へ帰ったけれど、私と親方は残って南米へ行き、ヨーロッパに渡って長いことイギリスにいました。イギリスでは女王様の御前にも招かれましてね、それで今でも年金がおりるんです」。四十歳のとき、リューマチをおして舞台に出、竹ざおの上から落ち、肩をいためたのでやめたという。

親方は数年前に、彼女ひとりにみとられて死んでいったが、自分は帰る故郷もないから、そのままパリに残っているのだと語った。

「新潟の生まれだと聞きましたけれど、親類も分からないし、知人もいないし、日本語も出来ないし、こうして死んでいくのでしょうね」。涙がぽろぽろと彼女の頰につたわった。

胸をうたれたのに、その後私はパリを去ってアメリカへ行ったため、それきり彼女と会えなかった。しかし、その〝山本こよし〟という女性のことは心からはなれず、最近出版された『サーカスの歴史』という本の中に、その名をさがし求めた。

そして日本のサーカスの歴史は古く、百年も前から曲芸団の人達は、言語風俗の違うアメリカに、率先して巡業に出ていることを知り感激した。ある一時代、サーカスは芸能界の花形だったのであった。

『サーカスの歴史』の中に、山本親子として、こよしさんのこともほんの一行出てくるが、むしろ親方であったアンブレラ山本（傘の山本）について、くわしく記されている。天才的な坂綱師であったらしい。

坂綱というのは、国技館のような大きい丸天井のサーカス小屋の、一番上からななめ下まで、一本の綱を下げ、上から下まで後ろむきですべりおりてくる芸である。アンブレラ山本の特技は、すべりおりるその途中でぴたりと止まり、一回転してみせる、とても人間技とは思えぬものであったらしい。アンブレラという名でよばれたのは、傘を持っての綱渡りもしたからだろう。

年をとってからはその曲芸も出来なくなり、こよしさんと組んでの肩芸で、仕事を続けていったのだと思われる。

アンブレラ山本は、明治二十五年一座にまじって日本を離れたといわれるが、一座が帰国しても彼は、こよしさんとふたりで外国に残り、ついに一度も帰国せず異郷で亡くなった。

『サーカスの歴史』には親子とあるが親子ではない。物心もつかぬときから曲芸団の中にいて育ち、少女になるかならぬ頃、外国へ渡ってしまったこよしさんに故郷はなくとも、親方には帰る家も帰る国もあったはずだ。

それなのに帰らなかったのは、何故だろうと不思議に思う。「親方が……」と話したとき、私は直感的にその人は、こよしさんの夫ではなかったかと思った。異郷で男と女がふたり、何十年も同じ屋根の下に住み一緒に働いていく。ただ親方と尊敬して、暮らしていたということだけではないだろうと思ったのだった。

私はもう一度こよしさんに会いたいと思った。最近、パリに行ったとき、さがしてみた。しかし大使館の名簿にも〝山本こよし〟の名をさがし出すことは出来なかった。考えてみれば、こよしさんに会ったのは、もう二十年近くも前のことなのだった。

ドル・オペラの歌い手

終戦の頃を知っている人は、だんだん少なくなる。終戦の頃の思い出も、だんだんうすれてくる。しかし、その頃青春時代を送った私には、その時代は苦しかったが、その反面、とても懐かしい。

終戦とともにジャズ歌手としてデビューしたが、勉強するにも先生はいなかったし、お手本にしたくとも、レコードは手に入らず、洋画も上映されていなかった。もちろん譜面も売っていなかったから、手さぐりの中で歌うよりほかなかった。外国へ行きたい、と願ったが、その頃外国へ行ける一つの道は、留学生になることだけだった。

芸大を卒業し、ジャズ歌手として舞台も踏んだ二十七歳の私は、再び学生にもどる決心をしてサンフランシスコに渡った。

サンフランシスコは海に向かった坂の多い美しい街である。私は小高い丘の上に部屋を借りたが、その家には十数人のOLが住んでいた。家主は「オペラ歌手も住んでいますよ、きっと好い友達になれるでしょう」と言った。

移り住んでいった日の夕方、突然階下のピアノ部屋から、発声練習の声が聞こえてきた。降りていくと大柄で金髪の女性が、横の椅子にコートとカバンをなげ出したまま歌っていた。

自室に入る前にまず一声といった感じで、ピアノの前に座ったまま「あなたが日本の歌手ね、さぁ一緒に練習しましょう」と言った。

それがエロイーズだった。すばらしい声量、ふくらみのある声質、音域もひろかった。

芸大出で少しは自信もあったのだが、エロイーズの前では私の声は弱く、音域も彼女には及ばなかった。ひと目会ったときから、彼女は私の先輩で先生になった。

ふだんぜったい手に入れることのできなかった、スカラ座オペラの立見席に連れて行ってくれたのもエロイーズだったし、音楽学校の始業式についてきてくれたのもエロイーズだった。

そして朝は起床ラッパのごとく発声練習を行い、夕方は帰宅の合図のごとく共に歌った。夕食後はふたりでラジオやレコードを聞いて、音楽の話に花を咲かせた。たどたどしい英語で苦労していた私なのに、エロイーズとだけは気楽に話ができた。サンフランシスコというところは文化的な街で、ニューヨークで上演されるオペラ、バレエ、ミュージカル、芝居は、すべてサンフランシスコでも上演された。メトロポリタン・オペラは有名だが、サンフランシスコを中心に公演するパシフィック・オペラというのもあって、人々はそれを一ドルで聴ける安いオペラという意味から、「ドル・オペラ」とよんでいた。

エロイーズはそのオペラの歌手だった。『ファウスト』の少年役を演じるのを聞いたが、歌のみでなく演技も抜群だった。

オペラのシーズンは限られている。シーズンになると、彼女はしばらくいなくなり、シーズンが終ると帰ってきて、またOLとなった。日本のオペラ界もきついが、アメリカでも歌手ひとすじの生活は、よほどの人でない限りなりたたないのだった。

エロイーズのところに、マックスというイタリー人がよくたずねて来た。その人も生涯をオペラにささげた人で、すでに五十歳を越していた。エロイーズ同様、オペラだけでは生活できず、兄が経営しているイタリー式のドラッグストアで働いていた。

彼はドラッグストアから、イタリーのサラミ、チーズ、それにパンやワインを持ち出してくるので、私達三人はテーブルをかこんで、遅くまで時間を忘れ、音楽の話に熱中した。

「エロイーズのような天才的な歌手が、メトロポリタンに迎えられないなどということは、この国の恥だ」と彼は真剣に怒っていた。

私もそう思った。それほどエロイーズは、すばらしいスターになれる器を持っていた。

「エロイーズってどうかと思うわね、あんなイタリーじじいを恋人にして」などと、意地悪く陰口をきく人もいたが、私にはそう思えなかった。

オペラのとりこになって、年をとってしまったマックス。彼は人々にオペラの生き字引と言われていたが、歌手としての才能はなかった。その男がありあまる可能性を秘めている若い女性に、はたされなかった夢をたくしているのだと私は思った。

エロイーズは歌ひとすじの人で、かけひきのできない、感情をおさえることのできない人だった。だからいつも損をしていた。

「ああくやしいくやしい、もうパシフィック・オペラなんかやめちゃおうかしら」と言いながらも、やめられないでいた。

意見があわない場合、話しあうということができない性質だったし、すぐ激しく相手に喰ってかかる彼女に、コンダクターもマネージャーも、手を焼いているふうだった。

せっかく主役をもらったのに、練習中にケンカをし、役を棒にふってしまったこともある。ＯＬとしても、シーズンオフだけという臨時やとい的な仕事にしかつかなかったから、たいした収入もないようだった。

みとめられない憤懣《ふんまん》にいらいらしながら、それでも朝に晩に鳴り響く大声で発声練習を行い、口角泡を飛ばして、音楽論をぶちまくっていた。

優しい心の人で親切だったが、自分の考えを強引に押しつけてくる人でもあった。

私がオペラではなく、ミュージカルやジャズに興味を持つことをいやがって、ジャズのレッスンをうけにゆく時など、「やめなさいよ、バカバカしい」と言いながらも私について来た。そして先生に、「この人はオペラが向いているのですから」と言ったりするので私は困りはて、彼女の親切がうっとうしくなってきた。

フランスに旅立つ前は、オペラのコンダクターやマネージャーの気持が、むしろよく分るような気分でさえあった。

考えてみれば二十数年も前のことなのに、今でもエロイーズのことはよく思い出す。そして今は、とても懐かしい気持で彼女のことを思う。西も東も分らず、英語もよく話せなかった私だった。

あの頃のアメリカは人種偏見も強くて、日本人を見る目も冷たかったのに、エロイーズはまるで姉のごとく、そして親のように、私につきそって世話をしてくれた。今になってしみじみ有難く彼女を思い出す。

それにしてもどうしているのだろう。スターになっただろうか。たとえスターになれなかったにしても、ひとりの女性として、幸せになっていてほしいと願わずにいられない。

M夫人の背中

「羽田に不景気はないわね」と私はよく口にする。世の不況をよそに、羽田国際空港はいつも出入国の人々でにぎわっている。

帰国の人々は、持ちきれないほどのお土産を手にし、ハワイ帰りらしい人はむぎわら帽子をかむり、レイを首からかけ、パパイヤやパイナップルの重そうな包みをさげている。

今の若い人々にとってそんな光景は、あたり前のこととして目にうつっているのだろう。しかし外国へ行くためにさんざん苦労した私にとって、それは羨ましい、そしてすてきなこととして目にうつるのである。

戦後、私はなんとかして外国へ行きたい気持でいっぱいだった。その頃の日本では外国映画も見られなかったし、ほしいレコードも譜面も手に入らなかった。ジャズやシャンソンを勉強していたが、歌いたくてもお手本になるものがなかった。

外国へ出る道は狭く、留学生になる以外に方法がなかったので、私は昭和二十五年の夏、音楽学校の入学許可をもらってサンフランシスコに旅立った。厳重な審査があり、肺のレントゲン写真、血液検査も受けさせられた。

アメリカに着いたとたんから学校へ通わねばならず、試験に合格しないもの、出席日数の足りないものは、即日本国送還となった。サンフランシスコ留学の後パリに渡り、私は歌手としてデビューしたが、その頃も日本のパスポートは決して便利とはいえなかった。

居住証明を二か月ごとにもらわねばならず、えんえんと待たされながら警察通いをしたものである。ドイツに行きたい、スペインに行きたいといっても、今のように簡単には行けなかった。

フランスから出国証明をもらい、ビザをとり、またフランスに入国する証明を持っていなければ、フランスに帰ることができなかった。

その頃のパリは日本人の数は数えるほどで、街を歩いていて「あっ、日本人がやって来た」とよろこんだのもつかの間、たいていベトナム人だった。

私達は皆貧しかったがよく勉強もした。戦争中に失った時間をとりもどすために、身も心もささげて自分の求めるものを探すのに必死だった。

最近もパリに行ったが、「パリもすっかり変ったな」としみじみあたりを見まわしてしまった。気楽に外国に出て、遊んでいるのか何をしているのか、さっぱり分らない日本人がいっぱいウロウロしていたからだ。

パスポートにはこう書いてある。「日本国民である本旅券の所持人を通路故障なく旅行させ、かつ、同人に必要な保護扶助を与えられるよう、関係の諸官に要請する」。その文字をじっと眺めていると、これほどの言葉にあたいする日本人が、外国に実際どれほどいるのかと心配になる。

異郷の地でハイジャックをした人、人を襲った人、だました人、男に捨てられて自殺した人、気の狂った人、私はそんな人々をずい分この目で見てきたが、その人達は日本国民として、立派なパスポートを与えられて外国に出たことを、なんと思っているのだろうか。

私には親しい中国人が何人かいるが、中国革命の際、追われて国を後にした人々である。その人達はいつもパスポートで苦労している。日本に住んでいても外国人として暮らしているから、六か月ごとに国外に出なくてはならない。アメリカへ行くにもヨーロッパに行くにも、今の私達が考えられないような、わずらわしい手続きをその人達は取っている。

その姿を見るとき、私は終戦の頃を思い出し、生まれ育った国が立派に世界で通用するようになった現在を思い、ありがたく感じている。

M夫人は中国大陸の立派な家庭の夫人であった。財産をうばわれて追われたとき、一家は着のみ着のままはだし姿であったときく。

「八十六歳の父が北京で一人暮らしをしているの、死ぬ前にひと目会いたい」。そう彼女は言う。法務省に申請をしているが、なかなか許可がおりない。

悲しい経験の多い人なのに、M夫人は「私なにも食べないのにこんなに太っちゃってくやしい」と笑う。M夫人は大家の娘として、上手な料理人の料理を食べて育っているだけに、彼女自身とても料理がうまい。一日がかり、二日がかりですばらしい料理を作り、私を招待してくれるが、まめまめしく働き、珍しい料理を次々とテーブルに運んでくるときの彼女の顔は、生き生きと輝いている。

しかしその後ろ姿の分厚い背中には、苦しみに耐えてきた人の悲しさが見える。誰にでも優しく、心をときほぐすようににこやかに笑いながら、「シュガーカットしなければ」と、おいしそうにチョコレートやキャンディーをほおばっている。

私はゆーうつなことがあると、「あーいやになる、何かおいしいものでも食べようか」と言っては友人をさそう。友人は心得ていて「やけ食べというわけね」と答える。

M夫人がやけ食べをしているとは言いたくない。しかし心の重苦しさを、料理を作ることによっていやし、他人に食べさせることによって自分を慰め、そして自分もつい食べて太っている女性なのだ。

香港からきれいな布地やアクセサリーを買ってきては、「舞台で着てね、見にいくから」と言う。自分はもういらないのだと言う。私は素直な気持でもらいながらも胸がいたむ。

M夫人は堂々として悪びれず、とてもチャーミングな女性である。彼女が立派なパスポートを持ってさえいれば、どこの国に生活しようとも、すてきなレディーとして社交界でもてはやされるだろうに、と胸がいたんだのである。

一国に革命がおきたとき、沢山の人々はそれによって救われることだろう。しかしその反面、多くの人々が家を失い、家族ばらばらになることもよぎなくされるのだ。

立派なパスポートを持てるのはあたり前のことではなくて、ありがたいことなのだと若い人達に知ってもらいたい。

遙かなりアルゼンチン

パリではずいぶんいろいろな場所で歌っていたが、いちばん長い仕事場は、モンマルトルの『ナチュリスト』という店だった。〝浅草のようなところです〟といわれるモンマルトルの盛り場、ピガールの一番地にあった『ナチュリスト』で、私は一年間、三百六十五日歌っていた。

私を主役とするレビューで、歌手、踊り子、コメディアン、アクロバットのソロの他に、十五人の踊り子と十五人のマヌカンが出演していた。

楽屋はフランス人のリュシエンヌ、イタリー人のジョイアナ、スペイン人のカルメン、それに私の四人で国際色豊かだったが、リュシエンヌは、「ここにいると、私のフランス語までおかしくなってしまうわ」と嘆いていた。

ジョイアナはヴェニス生まれの美しい人で、兄のマックスと組んで踊っていた。カルメンは情熱の国スペインの女性らしく激しやすい人だった。

この二人は仲が悪く、「好子の真珠はつるつるできれいだけど、あなたの真珠は大きいばかりで色も変だし、第一つやがないわね、それ本物じゃないんでしょう」などとジョイアナが言うと、カルメンは真赤になって怒った。

スペイン人カルメンの恋人はお定まりのごとく闘牛士で、化粧鏡の横に闘牛士の若者の写真をはっていた。

「この人恋人？　おかしいわね、私達一年契約でしょう、恋人なら一年も別れているはずないじゃない、この写真どこかのブロマイド屋で買ってきたんじゃないの」とジョイアナは皮肉たっぷりだった。

鼻っぱしらは強くとも人の好いカルメンは、ジョイアナの毒舌にはまったく歯がたたず、最後には「ミエルダ（糞）」と叫んで部屋を出て行くのがオチだった。

カルメンは大柄なスペイン人らしい美女で、フラメンコの踊りが客にうけていたが、ジョイアナは二十一歳で同じ年のカルメンが自分より人気があるのを嫉妬して、うさばらしにいびっているように私には思えた。

カルメンにはいつも母親《ママ》がつきそっていて、かつては有名な歌手だったというママは、今はみにくく太って娘だけが頼り、娘を有名にすることだけが望みのようだった。

だから彼女の踊りを毎晩あきずにじっと眺め、悪い虫がつかぬように監視している風で、カルメンがうまく踊れない時は、楽屋の階段をフーフーいいながら駆け上がってきては、往復ビンタをくらわせた。

私は『ナチュリスト』の近くのモンマルトルに住んでいたが、同じアパートに当時スペインの有名な作曲家モンレアルが住んでいた。

カルメンは時々彼のもとにレッスンを受けに通っていて、私をさそってくれたから一緒にフラメンコの歌を習いにいっていた。〝ア・イ・シ・ソンブレロ〟〝タニ〟など、すてきな歌をおぼえることができたのはカルメンのおかげで、「あなたの発音、まるでスペイン人みたい」と無邪気に嬉しそうに笑うカルメンは、こちらの心まで明るくさせてくれた。

カルメンは好い人だったが、感情をおさえることのできない人なので皆に敬遠され、ちょっと馬鹿にもされていた。

私はその後帰国して音楽事務所を開き、外国アーティストを招く、いわゆるよび屋の仕事を始めた。十年前に〝ロスパラガヨス〟というラテングループを招くことになり、羽田に迎えにいったら、「ヨシコ」と叫びながら抱きついてきた女性がいた。なんとカルメンで、カルメンはパラガヨス夫人におさまっていたのだった。

「私、日本で仕事をしたいの、夫が働いてる間私も働くの」。「私二歳の子供がいるの、それにもう一人、お腹の子は三か月なのよ」と言うので、「あなたのようにはげしく足ぶみするフラメンコのダンスは身重には無理よ」と答えると、「大丈夫、初めの子供のときだって五か月まで踊ってたもの」とケロリとしている。

けっきょくは旅行者のビザで来日している彼女は、急に仕事のビザをとることもできず、日本で踊ることはあきらめるよりなかった。

「あなたのママどうしているの」ときくと、「孫の世話をみているわ」と言う。大切に守り続けた娘を、パラガヨスという有名な音楽家と結婚させたママは、肩の荷をおろし一息ついたのだろう。うまいところへ嫁にやったと、ママがにやりとほくそえんでいる姿が私には見えるようだった。

仕事ができないと知ってがっかりしたカルメンは、することがないから夫のあとをついて歩いていた。「うるさくってどうにもならない」とパラガヨスが私にため息まじりにうったえる。

では一晩一緒に食事をしようとさそいにいったら、カルメンは半泣きで、「日本の若い女の子がね、彼をたずねてくるのよ、どうしよう」と言うから、「ただのファンだよ、そうよ気にすることはないわよ」と答えると、「ホント？　ホント？」としつこくきき返す。

食事中もパラガヨスににじりよって、「あの女の子、何でもないんでしょうね、昨日も来てたんじゃないの」と泣き声でとりすがっている。スペインの女性は情が深いときいてはいたが、これは大変なことだと、当惑顔のパラガヨスを眺めながらいささか同情した。「女の子が来た、どうしよう」と、滞在中、なんども同じ電話をもらっていた私も、いいかげんうっとうしくなり、カルメン達を羽田に見送ったときは、やれやれという気分だった。

数年たったある日、パラガヨスの弟から手紙が届き、「心臓の発作で兄はあっけなく死んでしまった」と書かれてあるのを読んだとたん、彼の死をいたむよりも、カルメンの顔が大きくクローズアップされた。カルメンがどんなさわぎをして死体にとりすがったことだろう、どんな大声で泣きわめいたことだろうと、その姿が目に見えるようだった。

パラガヨスはアルゼンチンの人で、アルゼンチンに家族がいたが、商才にたけた男で、店や土地を持っているときいてはいたが、カルメンに言わせれば、「親兄弟、親類一同、全員パラガヨスにおんぶで、皆なにひとつしないで喰わせてもらっている」ということだった。

カルメンも泣いてばかりはいられないだろう。子供だってまだ二人とも幼い。子供たちのためにも、また親類一同のためにも、彼女ははげしいステップを踏みつつ、踊ってゆくのだろうか。

やっと幸せをつかんだのに、それはほんの数年の間だけだったと思うと、彼女がとても哀れだった。カルメンのママはどうしたろう。パラガヨス亡きあとは、ステージママとして再びカルメンの後をついて歩くのだろうか。

今も時々カルメンのことを思い出す。あまり不幸でなければよいがと心が痛む。そしていつか、アルゼンチンを訪れる日があったら、たずねて慰めたいとしみじみ思う。

この人とおしゃれ　高峰秀子さん

（女優）

高峰さんは約束の時間より早く来て居られた。黒いコートに黒靴、黒のハンドバッグでシルバーがかったブルーの手袋とスカーフが同色。「相変らず地味なのね」と思わず口に出てしまったのは、私自身も黒や紺、グレーが好きでずい分地味づくりだったが、年をとったせいか昨年から急に派手な色の服が着たくなり、今迄は身につけた事もないえんじやオレンジ色の服を着はじめたからだった。

「そろそろ派手なものを着たいなという気分にもなっているのよ。年とって地味な服を着ているときたなくみえるからね」と私の気持をみやぶったかの如きお考えで、「でも私は長い間女役をしているから、普段はめだちたくないので地味になったのでしょうね」と言葉をつがれた。

「私がきめているのは着物の時は袖うらみかえし、それに帯どめはさび朱という事。こうすれば他をそれにあわせた色で作ればよいから楽なのよ」という事で、又洋服の場合も靴とハンドバッグは黒ときめ、指輪と時計が銀色なのでハンドバッグのとめがねも銀色にきめているのだそうだ。

色のアンサンブルがおしゃれの重要なポイントである事を、ここまで知りぬいて実行している方はまずないだろうと感心してしまった。

たまには、紺のハンドバッグに紺の靴をはきたい気分だってあるだろうし、茶色のバックスキンをはいて散歩をしたいこともあるだろうに、黒ときめてしまったのは、持物を多くしたくない、生活をはんざつにしたくない気持から出たのだそうだ。

「洋服を一枚作るでしょう、そうしたら一枚は誰かにあげてしまうの。洋服ダンスが一つで、それ以上ふやしたくないの」と云われ、又感心してしまった。何ともはっきりと割切られてしまって、実によいアイディアで一言もない。

「私は服も化粧品も皆日本物を使っているけれど、手袋だけはフランスで買うの。私の手は小さいから、日本では売っていないのよ。でもこの色にあうスカーフをさがすのに苦労しちゃったわ」

たしかにその手袋はただのブルーではなく、いぶし銀のかかったような色だから、同じ色のスカーフは大変さがしにくかったに違いない。しかし、さがし出して美しいシックなアンサンブルで彼女は目の前に坐っていた。

高峰さんはおしゃれだ。そのおしゃれも実に神経のゆきとどいたすぐれたセンスのもとに計算されたおしゃれをしている。少しの無駄もない。

お化粧にしても映画で塗るから普段は肌をやすめるべくほんのうす化粧で、髪も自分自身できれいさっぱりアップに結って一分のすきもない。あまりにもすきのない彼女は、ちょっと近よりがたい感じさえする。

「家にいる時はどうしているの」ときいたら、「一日家にいる時は、髪も結わないし、顔を洗ったらクリームをたっぷり塗りつけて洋服にも着がえないの。ガウン姿なのよ。私の一番持っている衣裳はガウン。色とりどりのがあるし、大きな花もようのついているのもあって、それをとりかえひきかえ着てるわ」

それをきいて、くつろいだほほえましい気持になった。

その姿の時の高峰さんが本当の高峰さんで、そして、それは彼女の幸せな姿に違いないと感じたからだった。

高峰さんは、私が長い外国生活から帰ってきた時、日本の様子の分らなくなっていた私にずい分親切にしてくれた。お化粧品を買いととのえる手だすけまでして下さった事は忘れられない思い出がある。その彼女から又この対談でよい事をきいてしまった。

それは老け役と若い役のこつで、お化粧的にいえば、眉のはえぎわを老ける時はうすく、若い時は濃くせまるように書く事だそうだ。そして立っている時、老人はかかとに重心がかかり、若い人はつまさきにかかるそうで、そんな事にも医学的見地から研究されている事を知り感歎した。

私は明日から眉の先を濃くえがき、つま先に力を入れて、新しい年を若わかしくむかえようと思った。

この人とおしゃれ　安達瞳子さん

（華道家）

雑誌のグラビア等で拝見していた安達瞳子《とうこ》さんは、日本的な美しい婦人という印象だったが、それはいつも着物姿で、髪も素直な日本的な結い方をされているためだったのだろう。始めてお会いした印象は、まず、すらっとしたなで肩の優しそうな方と思い、お話しをしているうちに、美しい方にありがちの冷たさがぜんぜんない、むしろ可愛らしいチャーミングな方だと思った。

一番驚いたことは、「私首が太くて、普通のブラウスですと、ボタンをはめたらきついのです。でも時々、首が細くて長いとおっしゃる方があるのですけど、それは髪を上げて襟をぬいて着物を着ているせいで、苦労しているのですよ」と云われたときだった。

私は、目の前に坐っているのに、どう眺めても太い首とは思えず、美しいえり足とともに、首の細さが着物にお似合いなのだとしか考えられなかったからだった。ご自分の姿を、実によく知っている方である。「私ね、頭も後方が出ていて、普通の帽子ではのらないおかしな形ですの。ですからその上にまげを結って、形をごまかしているんですよ」ときくと、いささか欠点だらけみたいにきこえるが、彼女そのものは誰がみても美しいのだから、べつに気の毒になる必要はない。

「いつも着物を着ているわけではなく、家にいるときは、洋服やスラックス姿でおります。でもお花の仕事のときは、坐りますとき洋服ですと、ひざが気になりますしまた枝やなにかで靴下をひっかけてやぶく場合もあるし、着物のほうが便利なので着ております」ということで、日本的華道には着物を着なくてはならないというわけではないのだそうだ。

着物は地味なものが多いと云われたのは花の美しさをひき立てる気持が動いているせいだろう。「ぼたんを生けるとき、決してぼたんのもようの着物は着ません。まあしいておしゃれを花にあわすときといえばあやめを生けるのに、水の流れをデザインした着物を着るといった風です」と云われた言葉は面白く、感心もした。

「白魚のような美しい指で美しい花を生けるなどというのは、趣味で花を生ける方のことでしょうね。私の手は水であれ、トゲのささったあとや、傷のあるきたない手ですわ。まあハンドローションはよくつけておりますけれど、爪ものばせず、マニキュアもしておりません。石井さんは歌われるとき指がとってもおきれいですね」といわれて、私は思わず笑ってしまった。なぜなら私は、爪を塗るのものばすのもきらいで、ちっともおしゃれをしていないからだった。

安達瞳子さんはご存じのように安達流の家元安達潮花氏の令嬢で家元をつぐ方である。潮花氏は椿のコレクションでも日本一で、たくさんの椿を栽培されているそうだが、いうまでもなく資生堂のマークも椿である。

「おたがいに女性相手のお仕事ですから何かご協力いただいて」という話しも出たが、経営の面にもはり切っておられてたのもしい方ともお見受けした。椿まつりのための会で、昨年は森英恵さんのファッション・ショウをひらかれた由。椿をあしらったファッションばかりだったそうだ。

「シャンソンで椿を歌ったもの、ありませんかしら。音楽会でもやってみたいですわ」といわれたが「椿姫」というすばらしいオペラはあるのにシャンソンで椿をうたったものは心あたりがないのが残念だった。

どの花が好き、何が嫌いということはないが、しいていえば、好きな対象は孟宗竹だと云われたのは、ちょっと意外であったが、優しさ美しさのしんに、男性にも負けないものをひそめていられるのだろう。

「私、帯がしめられませんの。いつも母にしめてもらいます」といった甘えん坊の面もある。だからお嬢さんかと思いこんでいたが、ずい分前に結婚されていると聞いて驚いた。しかし、それだから何か温かい柔かさがにじみ出るのかもしれない。

この人とおしゃれ　岸田衿子さん

（詩人、童話作家）

この十年来私の伴奏者である寺島尚彦さんは芸大出の作曲家だが、或る日、レコードを持ってきて、ちょっと聞いてくれという。

子供のうたの特集で、詩は岸田衿子《えりこ》さん、曲は数人の作曲家が協力したLP版だった。

寺島さんの作曲した歌は「夢」という題で、

太い鼻　象の鼻
窓から象がのぞいたよ
象に乗って出かけたよ
砂漠の中まで出かけたよ
砂漠には　象の子供が一杯
象と象とで行進したよ　これ夢さ

題のように夢のあふれた、楽しい、思わずほほえんでしまうような歌だった。

歌っている人もとても好いので「誰？」ときいたら、衿子さんの妹で、どなたもご存じの岸田今日子さんだときいて驚いた。

胸を悪くされて、ずっと軽井沢に住んでいる女流詩人、ということだけでも何か美しい、魂の清らかな女性を想像するが、衿子さんの書かれたものを時どき読んでいると、何となくその顔形が目に浮ぶようだった。

黒いふちの広い帽子をかむり、厚い靴下にスポーティなコートを着てやってこられた衿子さんをみた時、私は、私の想像がちっともはずれていないことにちょっと誇らしい気持がし、また安堵に似た気持を抱いた。

色がぬけるように白い、細面の顔に、すみ切った大きな目が、美しいものだけをみつめるためかのように、大きく見開いていた。すらすらとおしゃべりをするのではない、一つ一つの言葉をゆっくりと話される、何かその一言一言を、こちらは大切に聞きとらずにはいられなくなる話しぶりだ。

相手の気持をひきたてるためにとか、相手の好みそうな話題をえらんで、というのではない。そのときご自分の心の中にうかんだ言葉を、静かにつづりあわせ、語っているとでも言ったらよいのだろうか。

話しぶりからも詩や童話が感じられるような気持がした。子供のために、長いこと住んでいた軽井沢をはなれ東京住いになったけれど、仕事の上では、どこにいても同じことだと言われた。

その場所が銀座であろうと、人気のない山小屋であろうと、衿子さんは周囲にわずらわされることなく彼女自身で、そしてまわりの人も、衿子さんのふんいきに誘われてしまうのではないだろうか。

衿子さんの美しい目でみつめられているのが快かったのか、静かなお話しぶりに心をひかれたのか、それともお話しの内容が清らかな女流詩人の言葉にふさわしかったのか、私は、いつまでも、そのままそこに坐っていたくなった。

「歩くのが好きですのよ。そしてたべるのも。健康になりたいという気持も手伝って、よくたべますの。おしゃれはこの頃、妹の方がおしゃれですけど、娘の頃は私の方がおしゃれでした。マントなんか着てね。

流行るものを着るのはきらいでした。私、子供のためにもちょっと明るい服を着たいと思って、こちらへ来る前にショーウインドーをのぞいてきましたけど、ピンクがたくさん出ていますのね。だから、ピンク着たくなくなりました」

「ご趣味は?」とうかがったら、ドライフラワー（とくに貝がら草や山母子《やまははこ》がお好きだとのこと）を作ることというお答えだった。

私も、ずい分前だが、友人から北海道に咲いていたラベンダーのドライフラワーをいただいたことがあった。

「枕の下に入れておくと好い香りがしますよ」と言われたことなど話していたら、資生堂の方が、軽井沢でラベンダーの咲いているのをみたと言われた。

「あら、どこに咲いておりました、教えて下さらない。私行ってみたいですわ」とそれは熱心に目をかがやかせた衿子さんは本当に花の好きな方らしくほほえましかった。

この人とおしゃれ　松田和子さん

（モデル）

ファッションモデルで国際的にまず注目された女性は、ミスユニバース三位を獲得した伊東絹子さんだが、パリの一流デザイナー、ルイ・フェローに見出だされ、パリのファッション界にデビューしたのは、戦前戦後を通じて松田さんが第一号だ。松本弘子さん、高島三枝子さんと、つづいてパリのファッション界には日本女性が進出したが、第一号の松田さんのおしゃれ観はどんなものだろうと、期待して会う日を待った。

私は今まで、松田さんの出演するショーをみたこともあるし、また雑誌などで写真をみて、可愛らしい、ちょっと茶目気のある派手な女性を想像していた。

時間より早目に来られて椅子に坐っていた松田さんは、私の想像とはちがって、落ちついたマダムのふんいきなのに、意外な感をうけた。

グリーンと赤のスカーフにポイントをおいただけで、うすいベージュのぴっちり身体についたセーターとスカート、靴もローヒールのベージュのセードで、全体から柔かいムードのただよう服装だった。

さすがにパリから帰りたての松田さんは、今流行の髪型（横の髪を頬にむけて切ってある）で、スカートも思いきり短かく、靴下は白っぽいうすい色であった。

パリ、アメリカには四、五回、ファッションの仕事で行っている国際的な女性だ。

あまりべらべらと快活には話さない。

あまりにこにことあいそよく笑わない。

外国に長くいると、私達は自然にむやみとにこにこしなくなる。意味もなく笑うのは媚を売るというふうに海外では思われがちなので、日本的にいえば、愛敬の足りない女性になってゆくのだ。

それにファッションモデルは、お客さまたちに服をみせるのが職業なのだから、舞台でもにこにこ笑ったりしてはいけない、むしろ無表情で生きた人形的なあり方が本道とされているのである。

「日本ではモデルさんというとずいぶんつまらない職業のようにみなされているけれど、パリでマヌカンといえば、高級な職業として皆がみとめてくれるわ」

私もパリに長くいたので、その言葉はよく理解できた。

パリの一流レストランやナイトクラブに行ったとき、店の人から「今夜はクリスチャン・ディオールのマヌカンが来ていますよ」と自慢そうに云われたことも思い出された。パリの男性という男性が「一度はつきあってみたいものだ」「一緒にダンスができたらな」「食事でも二人でできないものか」とあこがれる女性が、マヌカンである。

「ずい分モテたでしょう」と聞いたら「そうね、でも金持の遊び人みたいな人からモテたので、結婚したいような男性はいなかったわ」という答えだった。「日本ではどう」と聞いたら「ぜんぜんモテないわ。珍しそうに見られるだけで問題にしてくれないのね。だいたいモデルなんか……といった気持があるのね」と悲しげだった。

日本の男性は、たぶん、ふられたら沽券にかかわるという気持で近よらないのだろう。また有名人であり美しい女性は、女性としては見ず、自分の生活からは遠い人物として知ろうとも思わないのだろう。

パリの男性は、自分と関係なくとも、女性をみるときは「男性」の目でみる。美しい人をみるときは賞讃の瞳でじっとながめる。そして、女の心がちょっと浮々するようなほめ言葉をいつも用意している。

男の目があれば女は美しくなりたいと思い美しくよそおう努力をするものだ。

「そういう意味ではパリにいる方がおしゃれのし甲斐があったわ。日本じゃ、珍しそうにみられるだけで、じっとみつめてくれる男の人はいないんですもの」

日本の男性はもっと女性を意識してほしい、そして、女性をよろこばせる言葉もたまには云ってほしいと、私も聞き手なのにもかかわらずおしゃべりに興がのり、時のたつのを忘れた。

この人とおしゃれ　石垣綾子さん

（評論家）

ある雑誌で「初対面」というページをもうけていて、誰か会いたい人を指名してくれという。もう七、八年も前のことだ。

私はシモーヌ・ド・ボーボワールのファンで、石垣綾子さんは日本のシモーヌ・ド・ボーボワールみたいな方だと思っていたので、石垣さんにお会いしたいとお願いした。

はじめてお会いしたとき、石垣さんの優しい美しさに、すっかり心を魅かれてしまった。それ以来ずっと、親しくおつきあいさせていただいている。いつもいつも美しい石垣さんは、その日も、大好きだという紫色のよそおいで、帽子とコートが紫、洋服は厚手の白い絹を着ていられた。

「髪の毛をごまかせるから、きちんとセットしていなくても格好がつくでしょう。だから、帽子をかむるの」と言われたが、帽子をかむっていない石垣さんをみたことがない。洋服も、いつも絹地だ。

「年をとると、絹が身体にぴったりするの。ウールものだと、もさもさして、よほど高価な良い品でないと、美しくみえないから経済的理由もあって、絹の服を着ているのよ」ということであるが、帽子と絹の服のとりあわせは、いかにもおしゃれで、そして、いつも正装しているという印象を人に与える。

石垣綾子女史と名前だけを聞くと、ちょっとこわい女性ではないかと思われるが、石垣さんは、一目みたら誰でも、それがまちがいだったと覚る。色が真白で、目がぱっちりで、笑い顔はまるで童女のようだ。一七、八の頃は、どんなに可愛らしかったことだろうと思ってしまうが、そう思いながら石垣さんをみていると、一七、八の頃も今も、あまり変らないのではないかなとも思う。

大先輩の女史を可愛らしいなどと評しては失礼にあたるかもしれないが、長いことおつきあいしていて、石垣さんという方は、おしゃれで、美しく、そして女らしい可愛い方だという結論を出した。

「石垣はね、いつも私の髪を洗ってくれたわ」と、懐しそうに、ちょっと悲しそうに、亡くなったご主人のことを話されたが、旦那様に可愛がられて、長い年月過してきた石垣さんだから、こう女らしいのだろう。

「若いときは、お化粧もしなかったけど、きれいだった。でも今では、お化粧に一時間かかるわ」ということだが、日本の若い女性はお化粧のしすぎで、逆に中年以上は、かまわなすぎであるという意見は、私の意見と大いに一致した。「若いお嬢さんがこってりお化粧してると、まるで死人みたい。顔を洗ったら、さぞ美しくなるだろうにと思うわ」とも言われた。

健康法は散歩だそうだ。お宅が井の頭公園に近いし、多摩川上水や丘にはまだまだ田園風景が残っていて、散歩をする場所に困らない由。バカで、きたない犬をひろったので、その犬と散歩するのだそうだが、身ぎれいによそおった石垣さんが、拾い犬と歩いている姿はさぞほほえましい光景だろう。

「どうしたら、いつまでもそんなに美しくなっていられるの」ときいたら、「もう駄目よ」と笑っていられたが、美しくなる努力は忘れてはいないようだ。

朝おきたら、五分間、足をふりまわして美容体操をする。井戸水では荒れるので、洗顔の水には硼砂《ほうしゃ》を入れる。ときどき、ナイロンパックを行なう。朝と寝る前にはコールドクリームで、マッサージを。なんでもないようだが、これを毎日続けるとなると、中なかできないことだ。

しかし、だから石垣さんは年より二〇歳も若くみえるのだという結論にはならないだろう。

それにプラスして、石垣さんにはファイトがある。生きることに熱心な方だから自然に、いきいきと、わかわかしいのではないかと思う。

メキシコをかわきりに、中南米の旅行に出られる数日前にお会いしたが、石垣さんは、いつも何かを人生に求め、追求している方なのだ。

この人とおしゃれ　中林洋子さん

（ファッション・デザイナー）

「私がもし男だったら、中林洋子さんと結婚したい」と、有馬稲子さんをして言わしめた女性である。

「べつに、なりたくてなったわけでもないんですの。母が洋裁をしていたので、見よう見まねで、洋服を作ったりしてはいましたけど。この社会に入ったのは、偶然みたいなものです。もちろん、それから少し勉強しました。いまは主人が裏面の仕事を全面的にやってくれるので、私は、シーズンに発表するデザインだけ考えていればいいのです」

なんとかして頭角を現わそうと、あくせく努力をしたり、戦ったりしたことのない方である。

理解のあるご主人と、同じ仕事にたずさわっていられる幸せな奥様だ。だから、何か、その幸せムードがこちらにも伝わってくる。仕事に成功している女性にありがちの、気の強さとか意地悪さが全然ないのだ。だからといって、ぼんやりと幸福な生活を送っている女性ではなく、一本、芯が通っている。そこに有馬さんが、女性としてもほれてしまう原因があるのだろう。

「私が対象として洋服を売る女性はだいたい決っているし、その人たちの好みにあうようなデザインだけを考えているということは、なにか淋しいわ」と言われたが、それは、どの社会の人にもある悩みだと思った。私にしても、歌いたい専門的なシャンソンは歌えきれぬほどあっても、要求される歌は、人に知られている、古くからある耳なれた曲ばかりだ。

個人主催のファッション・ショーを開かない限り、中林さんは、自分の本当につくりたいドレスを発表することはできないだろうし、私にしても、個人のリサイタルを開かない限り、私が歌いたい特種なシャンソンを歌う機会はないのだ。

中林さんには何回かお会いしたことがあるが、いつもシンプルな、それでいて非常にしゃれたデザインの服を着ていられた。その日も、髪はあっさりとアップに結われ、黒のツーピースにピンクのブラウス姿だった。なにげない服装であり、色彩であったが、ピンクのブラウスの襟元に同色の造花がつけてあり、その可愛らしいつぼみが、黒の上衣からちらりとのぞいているところに、なんともいえぬ女らしさが感じられた。

シックである、そのなかにほのかな色気のある服装だったが、それは、中林さんそのものをあらわしているようにも感じられた。

「ちょっとおやせになったのじゃない？」

大きな優しく光る目がいちだんと表情豊かに感じられるほど、頬が、この前お会いしたときより、ほっそり見えた。

「一人娘を外国に留学させたら、なんとなくがっくりしてしまって、やせましたの」と言われた。

「でも仕事をなさる場合、お子さんがおられたら、気になってお仕事がしにくいのではない？　留学されたら、仕事に益々精が出るのではないの？」と言ったら「その反対よ」と答えられた。

私のように長いこと、女一人であくせくと働いてきた女性ではないのだ。家庭の主婦で、ご主人や娘さんが何よりも大切で、そしてその幸福な家庭のなかから、自分の才能をじゅうぶんに生かして、働いてきたかたなのである。お話ししていても、口調はおだやかで優しく、相手の心をやわらげる。珍しいかただ。

「洋裁って、色彩感覚が最も大切なのかしら？」とうかがってみたが、中林さんは美術学校出だそうで、やはりすぐれた色彩および美術感覚を身につけているかたなのだった。

中林さんが一流のデザイナーとして活躍されているのは、もちろん、もって生れた才能があるからに違いない。しかしその才能に走らず、家庭を大切にしているかたなので、そのお仕事にも、また人柄にも、女らしい温かみがあふれているのだろう。

この人とおしゃれ　朝倉響子さん　(彫刻家)

彫刻家ときくと、私は、パリに住んでいたころ親しくつきあっていたアルベルト・ジャコメティの姿を思いだし、辛い職業だなとまず思う。ジャコメティはスイス生れの彫刻家で世界的な人であったが、つくってはこわしこわしてはつくり、ただただ彫刻だけのために生きている人だった。良い仕事ができないときは、髪をかきむしり、男泣きに泣く激しい人だった。その苦しみを目のあたりにしていたので私は彫刻というと、きびしい仕事だと思ってしまう。

朝倉響子さんはすらりと細い方で、長い髪を肩までたらし、和服姿で坐っていられた。

はじめてお会いしたのだが、彫刻家という男性的な仕事にたずさわっている方のようには見えず、むしろ幻想的な日本画でもかかれるようにみえた。

白いほそおもての顔に、ウェーブのついた髪がたれさがっている。頬紅を使わない白さが、黒い髪のせいか目立つ。男の人なら、髪をかきあげてしまいたいような誘惑を感じるかもしれない。

「アップにすることもありますのよ。でも、なんだか自分らしくなくて、またすぐおろしてしまいます。でも、毎日同じ形にはならないものですのね」

着物も、派手な花もようのようなものより、大島や結城のように地味なものが好きだと言われたが、その日も、薄い紺とグレイの品のよい、目だたぬ着物を着ていられた。若くて美しい方だから、地味なものを着れば着るほど、かえって映えるのだろう。

「私はやせていますでしょう。洋服だと形がでてしまうので、着物でかくしています。それに、仕事のときはよごれるので、スラックスとセーター姿でおりますから、外出のときは、気分をかえたくて着物を着るのかもしれませんわ」

「手もひどくなるんですよ。だから、いつも資生堂クリームをつけてますの」と、如才ない。

彫刻をするときは、足場をくみ、その上にのぼったりおりたり、横からながめたりで、歩きまわるので、自然とよく歩き、運動になっている由。

「今度は石をほりたいと思っています。自分の手で全部ほるのは、ずいぶん大変な力仕事ですけど」と言われたが、女らしい朝倉さんにおよそ力仕事は縁がなさそうにみえても、仕事をはじめれば、男性にまけないファイトと体力を発揮されるのだろう。

「毎日が、なんだかまわりの人のためにいそがしくさせられて、ゆっくりした自分の時間がなく、自分を見失いがちですわね」と話しあったが、朝起きてゆっくり長い髪の毛を梳《くしけず》り、ブラシをかける。そんなときは気分がゆったりとして、なんとなく一日の気構えができる。一日のはじめに、静かな気分で髪をとかす。それが好きだから髪を切る気はないと言われた。お姉様の摂さんは、ざんぎり頭でいつもスポーティな格好をしている。絵が専門だが、お姉様のほうが活発にみえるので、「姉が彫刻で私が絵だと思う方も多いようです」と、ご自分でもいわれた。

「あなたのほうがおしゃれでしょ」とうかがったら、「姉のほうがおしゃれじゃないかしら」と答えられた。

お姉様ともずいぶん感じがちがう。父上が自由な教育をほどこされたから、それぞれに個性が育てられたのだろう。

「父に手をとって教えてもらったことはありませんけれど、やはり父の影響は受けていると思います」とのことだが、朝倉さんは、いま、仕事一途に生きていられるようだ。

この人とおしゃれ　芳村真理さん

（女優）

芳村さんが前の席に座ったとたん、思わず「あなた、変ったわね」という言葉が口から出てしまった。二、三年会わなかったが、ちょっと太られたせいか全体に柔らかさが溢れ出るようで、元はちょっと神経質なきつさがあった顔も、それがとれてしまって、花の咲いたような美しさだった。

「いくつになったの」と、失礼ながら年をきいた。「三〇よ、もう」というお答えだったが、まさに女ざかり、つぼみだった花がぱっと咲いた感じだ。

今まで特別色白と感じたことはなかったが、肩のでた黒いワンピースを着ていられたので、むきだしになった肩から腕がほれぼれするようなピンク色の白で、健康的にぴちぴちしている。

「昨夜、あまり寝ていないのよ」と言われたが、顔にもつやがあり、寝不足の人とも思えない。「二、三時間しか眠れない時は、お化粧をしたまま寝て、翌日その上からちょっと塗り直すと、かえってお化粧がおちつくわ」ということだったがそれが毎日続いては肌に悪いだろう。しかし昔会った芸者さんが「お座敷に出る前お化粧をしてから一時間横になります。そうするとお化粧が映えますの」と言ったことを思いだした。ちょっと休むとお化粧がうまくおちつくのだろう。

「とても優しい感じになったのは、お子さんのいるせいかしら、それともちょっと太ったせいかしら」と言ったら、「子供は可愛がる時間より、動き廻るのであぶなくて追いかけ廻しているほうが多いのよ」と言われた。不幸に終った結婚にいつまでもくよくよしていない明るさと強さをもっている女性だ。それも仕事をしている方だからだろう。

お仕事はTVが主で、たまに頼まれればファッション・ショーにも出演される由。

「たまにショーにでるのは、身体がくずれないようにするためなの。やはりショーにでると身体がしまるわ」ということだ。ショーにでている時は、どこから見られてもスキのない姿でいなくてはならない。そういう姿に時々なってみるのは、たしかに良いことだろう。

芳村さんというと、黄八丈《きはちじょう》事件を思い出す。話題もカンヌ映画祭の話になった。

「あの時は、浜辺で昼間写真をとるので着物を着てほしいといわれて、昼間から振袖でもないし、絣《かすり》と黄八丈の着物をみせたら黄八丈の方が良いと言われたので、浜辺で写してもらったのよ。時間がなかったので、そのままの姿で大使館のパーティに行ったら、玉の井の女郎のような格好だとそれはしつこく、政治家のKさんたちに怒られちゃったの」と、状況を話してくれた。すでに数年前のことなので笑って話したが、昼間のパーティに黄八丈を着て出るというのを、私は、たいへんシックだと思った。

フランス人はよく「日本人って昼間からイブニングドレスを着てるのね」と言う。外国に行った女性は昼間でも絹の模様入りの着物を着ているからである。でれでれした絹の振袖姿でなくては着物でないように思うのは、野暮ったい考え方だ。

私は、若い女性でありながら、きりっとした黄八丈でカンヌの映画祭に出た彼女の趣味の良さに感心している。

ファッションモデルをしていたことで目が肥えているのか、芳村さんは趣味が良い。髪型も、実に顔に似あうチャーミングな髪に結っているし、黒い服もシンプルな型ながら、決して地味になりすぎないしゃれた型だった。お化粧もまるで何もしていないような淡いお化粧方法で、若々しさをひきたてている。

チャーミングな女性だ。しかし、そのチャームは決してぼんやりしていて自然に生れたのではなく、ちゃんと自分を知り、計算したおしゃれをして身につけている方なのだ。

美しい、花のような芳村さんが、すべてにますます円熟されることを願っている。

この人とおしゃれ　扇千景さん

（女優）

ある週刊誌で扇さんと対談された評論家のA氏が、「おどろきましたね。扇さんて方は実に良妻賢母で、お子さんのしつけのことをよく考えておられる」と話された。楽屋の小机の上にも、小学校に入られたばかりのご長男と、弟さんの仲良く並んだ写真がたてかけてあった。

「子どもがありますと、つい睡眠不足になってしまいます。夜、仕事で遅く寝ても子どもたちの声がきこえると、思わず起きてしまうし……、もちろんそれが楽しみなのですけれど、美容にはいちばん悪いのでしょうね」と言われたが、お化粧をおとされた素顔は、つやつやと美しい。

妻であり母でありながら、仕事を持つということは、たいへんなことだ。そのうえに扇さんはテレビでもレギュラー番組に出演されているし、芝居となれば楽屋生活が毎日つづくのだから、健康のみでなく、気力がなくてはやって行けないのだろう。

「シンが強いのでしょうね。たしかに健康ですわ。それに好き嫌いはなく、なんでも食べますの」と言われてから、フフフと笑われて、「昔は好き嫌いがあったのですけど、子どもたちに『お残しをしてはいけませんよ』って申している手前、自分が残すわけに行かなくて、なんでも食べるようになってしまいましたの」と言われた。

お話をしていても、ご主人の扇雀《せんじゃく》さんやお子さんの話になってしまう。家庭的なやさしい方だ。

「このごろは子どもが学校に入りましたので、芸能人でない普通の家庭の奥さま方とおつきあいする機会が多くなりましたけど、その方たちが『どんなお化粧をなさるの』っておききになるんです。でも私たちには、日本製の化粧品がいちばんあいますわね」その言葉通り、化粧台には資生堂のクリームや化粧水が並んでいた。

お芝居の化粧を、顔だけはおとしておられたが、首や手は真っ白だった。どんなふうにお化粧をされるのかうかがって、たいへんだなあと思った。

まず、びんつけの油をよく塗って、その上にきおしろ（生の白粉）を水ばけで塗り紅をぬって、またきおしろを塗り、粉をはたくのだそうだ。

眉毛は剃る人もいるそうだが、扇さんの場合は、ほかの仕事にさしつかえるので、眉つぶしでたんねんに塗りつぶす由。はじめのびんつけをていねいに塗らないと、あといくらお白粉をつけてもきれいに仕上がらないそうだ。

「お化粧に限らず、はじめが大切ですのね。下地をきちんとしなくては、いくら上ぬりをしてもだめなものです」と言われたが、これはすべてのことにいえる貴重なお言葉だと、感心しながらうかがった。

「昔は、きおしろでなく鉛《なまり》の入ったお白粉を塗ったので、お白粉やけをした方がありましたわね。鉛毒が多かったのだそうです。鉛が入っていると、お白粉ののびがとても良いんです。今ではお白粉も良くなって、身体に悪いこともないでしょうけど、私は仕事がすみ次第すぐにお化粧をおとしてしまいます。素顔でいるときが、いちばん気分がよろしいですね」と言われた。

　睡眠不足に厚化粧のお仕事では、たしかに美容上は良くないだろう。けれども扇さんは、みるからに生き生きとしている。

「仕事をしているせいでしょうね。心に張りがありますもの」と言われたが、力いっぱい毎日毎日働いてすごす、この気力が自然にあふれて、生き生きと若々しいのだろう。芸能界に入られて一〇数年になられるとのことだが、ういういしさを失わない方だ。

　ふだんは着物か洋服かうかがったら、「扇雀とでるときは着物で、一人ででかけるときは洋服ですの、やはり主人が芝居の世界の人なので、私も自然に着物を着てしまいます」と言われた。評論家A氏が言われるように、実に良い奥さまでお母さまで、そのうえ、美しく優しく、私はただただみとれてしまった。

この人とおしゃれ　湯川れい子さん

（音楽評論家）

湯川れい子さんの名は、ジャズ評論を書きだされた頃から知っていた。その後TVや写真を拝見したし、放送局などですれちがったこともあった。ほんのちらっと見た印象からは、個性の強い、ちょっとつきはなしたような冷たさのある方のように感じていた。

だから、あでやかな明るい姿に接したとき、「あら、これが湯川さんかしら？」と、人ちがいをしたように感じた。

思いちがいというのは困ったもので、私は何となく、湯川さんはちょっと不健康な暗い感じの方のように想像していたのだった。ところがご本人はまったくその反対で、色白な肌もつややかな、明るい健康美にあふれる女性であった。

白地に黄色、うぐいす色の花もようがえがかれたセーター風のブラウスにスカート、髪はパーマネントはかけず、なだらかに長くそろえ、いかにも自然ないでたちだった。

「夜は遅いしあまりお化粧もしないし、おしゃれのお話にはむいていませんわ」と言われたが、色白の肌をいかした、ちょっとオレンジ色がかった頬紅と口紅、それからマニキュアは同色で、特徴のある大きな目にはくっきりと墨をぬり、個性をいかしたおしゃれが感じられた。

私は長いことパリに住んでいたが、パリの女性たちの誰もかれもが、ディオールやカルダンのすばらしい衣裳をきているのではない。何となくシックで小粋にみえるのは色のあつかいのうまさで、手袋とベルトの色をあわせたり、スカーフのもようとセーターの色をあわせることが、実にたくみだからである。そして、お化粧も目にポイントをおいた化粧をした女性が多かったが、湯川さんはその意味でも、決してひけをとらぬ女性である。

きれいに塗られた爪の美しい指で煙草に火をつけ、長いホルダーですわれる。その姿が、またシックにみえた。

「原稿を書くことが多いので、自然に煙草ののみすぎになってしまいます。自分でもいや気がさして、昨日からこのホルダーを使い始めましたの」といわれたが、昨日から始められたとは思えぬほど、その姿は板についてみえた。夜遅くまで原稿を書いて、煙草のすいすぎで、決して健康的な生活とは思えないのに、若さがぴちぴちした方だ。

「スポーツが好きですわ。海へもぐるの。水中めがねをかけて、空気を吸うのにパイプをくわえてもぐると、きれいな色のいろんな形のお魚が泳いでいてとても美しいわ。モリをつかってお魚を突くのですけど、水中めがねでみると大きくみえますでしょう。突いて持って上ると、とても小さいお魚だったりしますの。楽しいんですよ」

そんな話をされているときは、まるでおさない童女のように愛らしい。

「私ね、親がきめた人と結婚してるんですよ。その人はアメリカに住んでいるので私が行かなくてはいけないのですけど、仕事が面白くて行く決心がつきませんの」と言われたが、お嬢さんらしいふんい気がいっぱいの湯川さんは、「結婚しているお嬢さん」ということになるのだろう。仕事に対する意欲を捨ててアメリカへ渡られるのがおしいような、また反面家庭に入られてチャーミングな若夫人になられる姿もみたいような気持がした。

この人とおしゃれ　小野清子さん（体操選手）

小野清子《きよこ》さんは小野喬氏の夫人で、おふたりは、人も知るおしどりオリンピック選手である。

ブラウン管を通してみた小野さんの均整のとれたぴちぴちした姿は、いまも目に残っているが、お会いした第一印象は、愛らしい美しいお嬢さんといった感じだ。おふたりのお子さんのお母さまとは、ちょっと信じられない若々しさである。「運動をなさってるせいかしら」と、思わず言ってしまった。小野さんも「私は、子どものころ弱かったのですけれど、その後ずっと元気なのは、体操をしているおかげでしょうね」と答えられた。室内運動だし、マットからはずいぶんほこりも上がるそうだが、肺を悪くする人などいない由。

「でもオリンピックのときは、しみじみと体力の違いを感じましたわ。外国の選手は、私たちがたべきれない大きなステーキを、三回もおかわりしてたべて、夜は遅くまでダンスをして、あげくに翌日優勝したりするんです。余裕まんまんなんですね」と、なげいておられた。

食事は、べつに注意もされないそうだ。

ただ、自分がいちばん好調なときの体重を、いつもたもつようにすることが大切だと言われた。


「練習のときはお化粧をなさるの？　汗でとれてしまうでしょう」とうかがったら、「私たち、案外おしゃれをしますの」と意外なお返事だった。

ふだんの練習にもお化粧をしているし、とくに競技にでるときは緊張して青ざめるので、頰紅は必ずつけるそうだ。髪型も大きくすると、小柄の日本人は、頭が大きくみえて、プロポーションが悪くなるから短かく切ると言われた。

選手たちが集まると、あなたはこの髪が似あう、いやこの方がよいと、皆で研究しあうそうだ。「美容院で普通の方と同じようにセットしていただいたら、すぐ駄目になってしまうので、自分でするんですのよ。皆とてもうまいものです。パックなども、これがきくなんていうと皆でためすんですよ」と言われた。

大正生れの私が、体操をする方はお化粧もせず、身なりもかまわないのかと思ったのはとんだ時代おくれの考えであることを知り、うれしかった。

おしゃれな方と知ったので安心して「でも、オリンピックのときの服、あまりスマートでなかったわね」と申しあげたら、「あのプリーツがね。むしろタイトスカートだとすっきりするのでしょうけど……」

「でも、あれでもこの前のローマのときより、ずっとよろしいんですよ」と、言葉をつがれた。

日本選手の服は、秩父宮さまのご遺言で日の丸を象徴した赤と白ときめられているのだそうだ。だから、外国に行っても、正式の席にはその服を着るので、着物を着るチャンスなどない由。

「ふだんも、スェーターにスラックスですの。スタイルより、まず足をひやしたくないんです。足がひえるとアキレス腱をきりやすくなるし、そうなれば選手生活も終りですから、足を大切にすることが第一です。それにこのごろは学校と家の間を往復してすごしておりますから、服を買いに出ることもないんですよ」と言われた。

現在は慶應大学の体操の先生をされているほか、池上の実相寺で『スポーツ普及クラブ』の仕事をされている。体育向上のために、一粒の麦でもという気持でつくられたクラブの由。体操のほかに重量あげとレスリングのクラスがあって、四歳くらいの子どもから三〇すぎの方まで、三〇〇人がかよって来られるそうだ。

子どもや少年にはもてあましているファイトや体力を、楽しい体操やレスリングのもみあいで消費することが、身体にはもちろん、精神的にもよい影響があるそうだ。

うすいグリーンのスーツを着、短かく切った髪をかるくカールした小野さんは清楚だ。

顔立ちは、目がぱっちりして、ふくよかで愛らしい。お話の仕方もスポーツウーマンらしく、はきはきとして、じつに気持のよい方だった。

この人とおしゃれ　十返千鶴子さん

（随筆家）

明るいほがらかな第一印象をうけたのはお話しぶりがざっくばらんで、若々しいためだろう。スポーツがお好きとうかがった。

若いときからテニスをされ、いまでも週に一度はクラブに行かれる由。「でもね、テニスはそろそろきつくなったので、ゴルフを少しずつ始めましたの」と言われた。親しくされている方たちは、一〇数年来のテニス友達で、ゴルフもそのお仲間たちと行かれるそうだ。

「皆、若々しくてほがらかで、にぎやかですわ」と、いかにも楽しげに言われたが、スポーツのお仲間と、スポーツを中心につきあわれれば、さぞ愉快なことだろうと思った。

冬はスキーに行かれる由。「足を折りたくないから、スピードは出しませんけど」

「よく、日に焼けるって、スカーフをすっぽりかぶったり、ぜんぜんスポーツをなさらない方があるけれど、そんなにしたら人生は楽しくないでしょうにね」と言われたが、私も大いに共鳴した。

楽しくスポーツをして日に焼けたって、健康的で、むしろ美しいではないかと私も思ったからだ。

でもたしかに、風がつめたくなると肌は荒れる。「スポーツをしたあとは身体中にボディローションをぬりますし、顔もクリームをすりこんで、よくマッサージをします」とのことだった。

「若い方たちはテニスのときショーツをはかれるけど、ローションで手入れをしている方の足は艶があってきれいですね。塗っていない方は、鳥はだだったりして見えますけど」と言われた。

スポーツできたえられた、健康な均整のとれたスタイルだ。

「太ることなんか心配されたことないでしょう」と、羨ましく思ってうかがったが、「足が悪くて、二、三ヵ月あまり動かなかったら、なんとなく脂肪がついたような、重たい感じになりましたわ」と、答えられた。

お仕事は原稿を書かれることが多く、また講演旅行も多いとのことだったが、スポーツウーマンといった感じである。

その日は結婚披露におよばれとのことで、黒い服に真珠の首飾り、大きな真珠の指輪をしておいでだったが、爪は真珠色に塗られていた。めだたぬところに、洗練されたおしゃれをしている方である。

「私は季節によって、着るものの色が変りますの」と言われた。春になると淡い明るい色が着たくなり、秋には茶色っぽい色、そして暗い冬にはむしろ赤を着てみたいということだった。

「主人がおりました頃、煙草に火をつけるとたんに用事を思いだして、煙草をそのままにして立ち上ってしまうので、叱られましたわ」と言われたので、思わず我が身に思いくらべ、おかしくなってしまった。私も、さてゆっくりしようと坐って煙草に火をつけると、何かしら思いだして立ち上ってしまい、主人に「じっとしていられない人だなあ」と言われるからである。

「貧乏性ですのね」と言われた。

「テレビも、仕事に必要な野球くらいしかみませんし、趣味がないんですよ。スポーツは別なんです。テニスやゴルフのためなら、なんとか時間をつくってでて行きます」と言われるように、活動的な方だ。

私の家族

「お一人でお住まいですか」とよく聞かれる。八十歳近い女の一人住まいを心配してくださるありがたいお言葉である。

歩きまわらなくとも、何でもすぐ手のとどくところにある、小ぢんまりしたマンションに住むべきではなかったかと思うことも多いのだが、私は、相当に広い大きいマンションに、お手伝いの奈奈子と二人で住んでいる。

週に五日は、大井青物横丁に住む運転手の津村さんが、犬とともに通ってくる。彼の勤務歴は約四十年。四十年の間に結婚の話も何回かあったが、縁がなくて、とうとう独身のまま過ごすようだ。

彼が自転車に乗せて連れてくる通い犬の名は「巴里子《パリコ》さん」。二年前前橋のコンサートのとき、ペット屋さんにいた。母親はマルチーズ、父親は不明の雌犬である。

十六年半いっしょに暮らしたヨークシャテリアの「テムちゃん」が死んだとき、私は「もう、犬は飼わない」「私が先に死んだら犬が可哀そうだからね」と言ったが、犬好きの津村さんには、「もし、あなたが飼いたかったら、助手席はいつも空けておきましょう」と言った。パリには犬を乗せているタクシードライバーも多いからである。

それから二年たった夏、前橋のホールの楽屋に津村さんが入ってきて「可愛い子犬がいますけど、見ませんか」とさそった。

いっしょに、ペット屋さんに行った。入口には猿や小さいワニがいてその奥の箱のなかに子犬がいた。箱のうえには「この子犬、さしあげます」と書いてあった。

抱かせてもらったら、子犬とはいえどっしり重く、手首がライオンの子のように太かったから、「大きくなりそうね」と言ったが、津村さんは「奥さん、可愛いでしょう」と、ひどく気に入ったらしいので、連れて帰ることに決めた。

パリ祭にちなんで「巴里子」と名付けたが、自分の名前を「巴里子」と知っているかどうか。

みんな間違えて、前にいた犬の名前を呼ぶ。「テムちゃん、テムちゃん」。前から家に来ている人は、テムちゃんの先代、チロの名さえ口にだし「チロチロ」と呼んだりする。私も、「テムちゃん」「チロちゃん」「ベビーちゃん」「赤ちゃん」と気まぐれに呼び、「巴里子」と言うひとはいなくて、「パリちゃん」「パリ」が通称となった。

この子は、自分が見捨てられ、そして拾われたということを悟っているがごとく、遠慮がちで控えめである。吠えつくとか、あたりのものを咬みちらかすということはまったくなしで、前橋から車に乗せたときも、私のひざにのったまま、身動きもしなかった。

テムちゃんは食いしん坊で、うっかり食べ物を手に持っていたら、私の指まで咬んでしまうことさえあった。しつけが悪かったせいもあって私が食事をはじめれば食べ物をわけてあげるまで、吠えつづけ、ひっかきつづけた。巴里子さんはまったくちがう。食べていれば食卓の側にきて黙ってすわっている。

「奥さん、味のついたものをあげると、ドッグフードを食べなくなりますからね」と、津村さんからはダメ押しされるが、鶏や肉を食べるときは、鼻をクンクン上に向けて、大きな目でじっと見つめるから、ついあげてしまう。しかし彼女はテムとちがって、用心深く、一度、匂いを嗅いでからゆっくり食べる。「もうこれで終わり」というと、立ち上がって玄関の方に行ってしまう。

「この子は食欲がないから、早く死ぬんじゃないでしょうか」。津村さんは今から心配しているが、巴里子が食べものにがつがつしないのは違う理由だと、私は思っている。

前橋で小さい箱に入れられていたとき、箱の中にはドッグフードを山盛りにしたお皿がおいてあって、彼女はそれを枕に寝ていた。ペット屋さんは忙しいから、毎回エサを与えるわけでなく、エサつきの箱に入れていたから、巴里子さんは始めから食傷気味の子犬なのだ。

巴里子さんは朝、家に着くと、まず、私の部屋のドアをかさかさとひっかく。うとうと寝ていて知らん顔をすれば、おとなしくドアをはなれる。出て行くと飛びついて、顔をなめてからパーッといなくなり、黄色いテニスボールをくわえて、また現れる。彼女の唯一の趣味はボールと遊ぶことで、ボールを投げれば喜々としてくわえて、もっともっと遊びたがる。しかし自己主張の少ない巴里子さんは、「もう、やめよ」というと、ボールを口に、黙って座っている。

＊

「あらごめんごめん、パリちゃんごめん」と、奈奈ちゃんが言っている。私の椅子の横に座っていた巴里子さんのしっぽをふんだらしい。テムだったらキャンキャン啼いて「奈奈ちゃんが踏んだ、しっぽを踏んだ」といいつける。たいして痛くなくてもおおげさに啼いてさわぐのに、巴里子は何もいわず、ただ身の危険のない場所に移るだけだ。

　床に四、五本、白い毛が残ってるのを見て「巴里子は大人物ね」と私はつぶやいた。奈奈ちゃんは恐縮している。津村さんは、「気をつけて踏ん付けないでくれよ」。そのあとに「あなたは重いんだから」と、つけたしたい様子である。

　奈奈ちゃんは太っている。

　家に来たのは、もう十年くらい前だが、そのときは百キロを越す重さだったそうだ。体がゆさゆさゆれる感じだった。

　台所の棚のうえに、いろいろな種類のスナックが山と置いてあった。

「食事をたくさん食べてもよいけれど、スナックはつぎからつぎへと手をだしたくなる味つけになっているから、やめたほうがいいわね」と私は言った。私はそのころ、友人の和田要子さんの指導で、和田式のダイエットに成功したところであった。身長一六五センチ、体重も六十キロに近く太りめの私は、もう少しすらっとした姿でステージに立ちたいと願っていた。食べなければ痩せることはわかっているが、食いしん坊の私は、つい食べてしまう。

「ちゃんとおいしく食べて、痩せられますよ」という、要子さんの言葉に、思いきってダイエットを試みた。週に一度の体操。それもたいして長い時間でなく、その人に合う体操だから、正味二十分くらい。体操のあと、身体をきれいにきれいに洗う和田式入浴をおこない、和田式九品目の食事を守ったら、三週間で五キロやせた。やつれることはなく、肌はむしろ生き返って、しみも薄れたようだった。

それをずっと守れば作家の林真理子さんのように美しくなってくるのだが、私は「ないしょ、ないしょ」とつぶやいては、ご飯やパンをたべたり、ワインを飲むので、現在は五十七キロを保つだけの身になってしまった。

「九品目たべて痩せるの」と太めの友人に話したら、「それならわたし出来る、自信あるわ」と目を輝かせ、「おすしでしょう、うなぎ、カレーライス、カツサンド、ラーメン、なべやきうどん、スパゲチ、ドーナッツ、シュークリーム。これで九品ね」というのに、「ちがう、ちがう」と答えながら、私もそっちの九品目のほうがよいと思った。

和田式九品目とは、肉、魚、貝、豆、卵、乳製品、油脂、海藻、野菜で、この九品目を一回の食事に全部とる方式だ。食事と食事の間を八時間以上あけるので一日二食となる。

食べていけない、飲んでいけないもの。

私の大好きな大好きなご飯、めん類、穀類のすべて。

唯一、私の心をほんのりと、ときほぐしてくれるシャンペン、ワイン、ビール、ウィスキー、すべてのアルコール飲料、そして甘いジュース。

果物も果糖があるからダメ。お菓子は絶対ダメ。スナックは敵。

じゃ、いったいどうしてくれるんだといいたい。おすしやに連れていかれたら、絶望的な気分におちいることは疑いなしだ。

しかし中華なら、おいしく楽しく九品目で満足する。

寒い冬は鍋料理がある。おでんもしかり。

お鍋にこんぶを入れる〔海藻〕、お豆腐〔豆〕、しゃぶしゃぶ用薄切りの〔肉〕、ねぎ、椎茸、春菊などの〔野菜〕、糸こんにゃく（これで満腹感）。白身の〔魚〕も、鍋でちょっとゆでたあと、マヨネーズで食べる。マヨネーズのなかに〔卵〕と〔油脂〕がふくまれている。〔貝〕も鍋に入れたらよいが、全部の材料をととのえるのはなかなかめんどうだ。だから白身の魚や貝は、佃煮をちょっとつまんで、それですますことにする。

〔乳製品〕は牛乳、チーズ、ヨーグルトなど、ほんの少しでもよいのだから、コーヒーに入れたりミルクティーでもちゃんと一品目と数えてもらえる。

野菜は外の八品目の三倍とらなくてはいけないという。野菜をうんと食べなくてはならないというのは一仕事である。働いている人にはとても大変、一大事だ。

まず朝食に野菜スープ、サラダを食べるのは、よほど健康や美容に気を使っている人に限ると思う。あわただしくコーヒーを飲み、トースト、目玉焼きをほおばる人はまだましで、「牛乳一本、飲みほして」とか「トマトジュースだけ」、何もたべないという人も多い。

昼食もおおむね似たパターンだ。私たちの場合、劇場仕事だとおべんとうが出る。楽屋べんとうもたまにはよいが、毎日となると見るのもいやになる。

おおむね決まったパターンで、魚の焼いたの、シューマイ、甘い玉子やき、ぺらぺらのかまぼこ。椎茸、人参、筍などの煮しめ。あとはご飯がたくさんあって、梅干しがひとつ載っていたりする。野菜の量は、ご飯の十分の一にも足りない。ご飯ぬきでおかずだけ食べれば、喉がかわいて、歌うとき辛い思いをする。腐らないように、おかずは濃い味付けだ。ご飯のおかずだから、ご飯ぬきの人には向いていないのだ。

しかし、せっかく始めたダイエットだから、せめて家でしっかり野菜を食べる努力をすることにした。

レタスなどあまり好きでなく「兎のエサだ」などと言っていたが、仕方がないから油でいためたり、さっと湯にくぐらせて、細切りにしてポン酢で食べた。

残っている玉ねぎ、人参、キャベツ、なんでも薄切りにし、バタでサッといためて、塩こしょうしてからスープ（インスタント）でことこと長いことくたくたと煮て、大きいボールにたっぷりそそぎ粉チーズをふる、悪くはない。肉を少々入れればもっとおいしい。しかし、パンがほしい、パンと一緒に食べたい。

でもダメ。

真面目に三週間、しっかり和田式を行ったときは、ちゃんと五キロ痩せたのに、すぐ禁をやぶってしまった。

笹に巻いたうなぎずし。草柳大蔵さんが送ってくださった。どうしても食べたい。「せっかくのご厚意ですものね」とか言って四週間ぶりに食べたおすしのおいしかったこと。

週末に、珍しくシャンソンのライブで十数曲歌って夜遅く帰宅した。シャンソン通のお客の前で歌うのはしんどい。「あー、疲れた。でも、ほっとした」「ちょっと一杯、飲んでもいいのではないかしら」

ワインのボトルを開けて、久しぶりの一杯は胃にしみる。「もう一杯くらい」が、たちまち一キロふえ、二キロふえた。

ダイエットの道も、甘くはないのだ。それでも前より少しは痩せているのは和田式をやったおかげで、食生活がだいぶ変わったからである。

野菜を食べないと体調がよくないと思うようになった。「内緒、内緒」でご飯をたべるがお茶碗に半分。その上に白魚の釜あげを同じ分量くらい載せたり、ゆでたブロッコリーのみじん切りに、ゴマ、オカカをまぜたのをたっぷり載せていただく。いわゆる、おしんの大根めしスタイルなのである。

＊

私はシャンソン歌手だがプロデュースもする。私の仕事の一番大きいイヴェントは、毎年七月に行うパリ祭コンサートで、二〇〇二年は四十回目を迎える。

三年前のパリ祭には、谷村新司さんが出演して、シャンソンも一曲歌ってくださった。谷村さんを紹介してくれたのは、友人の木原光知子さんである。

谷村夫妻と親しくなり、うちあわせもかねて自宅にお招きすることになった。それを聞いて奈奈子は真っ青になって、失神寸前の状態におちいった。彼女は谷村さんの熱狂的なファンなのだ。

「奥様、谷村さんです」。テレビに出るたびに呼びにくる。谷村さんに向かって興奮して拍手を送り、ため息をつき、「すてきーィ」といいつづけている。ファンクラブに入っているから、高い切符なのに、同じプログラムのコンサートを、三回くらい聞きにいく。

「本物のあの谷村さんがいらっしゃるのですか」。彼女は「どうしよう」「こんなみにくい姿をさらすわけにはいかない」と、青ざめたのであった。そして翌日から、即ダイエットにはいった。

みるみる間に、痩せるというよりやつれてゆく彼女を、私が心配して「和田式にしなさい。食べなくてはダメよ」といいつづけた。谷村さんのくる日は、三週間先だった。「間にあわない」と言いつつダイエットをしていた奈奈子は、谷村さんが来訪された日までに、何キロ痩せたかさだかではないが、痩せたことは確かだった。

夕食に何をだしたか忘れてしまったが、食事の用意をするあいだ、私は奈奈子の手元に注意していた。興奮のあまり、塩と砂糖を間ちがえたり、ぼーっとなって、焼きこがしたり、ふきこぼしたりしそうだったからである。

食卓についたとき、奈奈子はぶるぶるふるえながら給仕にでてきた。「この人は、あなたのためにダイエットしてるんですよ」と、同席の木原光知子さんが言ってくれたら、「僕も昔、肥満児だったんですよ、頑張ってね」と、声をかけ、握手をしてくだったので、奈奈子は泣きださんばかりの有様であった。

そしてパリ祭の当夜までに二十五キロ減量して、おどろくほど美しく変身した。人間って、やせると面高になるのだ。今は谷村さんとちょっとご無沙汰しているので、少しもとに戻ったようである。

一方、巴里子さんは、子犬だったときから三キロ半、小型犬くらいのサイズだったので、日ごとに大きくなっていった。

母親がマルチーズとはとても信じられないほどの育ちっぷりだった。くる人は皆、声をそろえて「まあパリちゃんの大きくなったこと」と目を見はるのに、津村さんは憂鬱だ。

「奥さん、パリはどこまで大きくなるんでしょうね」と聞かれても、私は答えられない。

だれにも分からない。

津村さんのマンションは「十キロまでの小型犬なら飼ってよい」という規則なので、彼は暗くなるのだ。巴里子さんは、好い子なだけでなく、ふさふさした毛並みの、美しい犬になってきた。津村さんが丹精するから、長い毛ももつれず、お姫様みたいに優雅で、だれひとり、彼女が捨て犬だったとは思わないに違いない。

津村さんは自宅から自転車に乗って通勤してくる。自転車の前に籠をおき、そのなかに巴里子さんを入れて往復している。だんだん大きくなる巴里子さんのために、特大の籠を買った。

「坂をのぼるとき、重いね、重いね、というと、申しわけなさそうにわたしの指をなめるんです」と、津村さんはいとおしげに話す。

彼は昼食は、家の近所で外食をしているが、最近はよく、親子どんぶりを食べる。「鶏はきらいじゃ」と、食べなかったくせに親子どんぶりなのは、鶏を残して、巴里子さんにあげるためなのである。「ドッグフードしか食べさせない」と口では言うのに、彼もないしょで、鶏などあげているのだ。「あなたが栄養失調になりますよ」といさめても、聞く耳をもたない。

巴里子さんは十二キロになって、やっと成長がとまった。「よかった、よかった」と津村さんは大喜びだ。規則より二キロオーバーはお目こぼしといったところなのか。「奥さん、見てくださいよ、スマートになったでしょう、シャツのボタンが、前はよくとまらなかったけど、パリと運動したせいか、出てたおなかが、こんなにひっこみましたよ」。上着をめくってご自慢だ。それはそうだろう、毎日十二キロの巴里子さんを乗せて二キロ半の道を往復していれば、贅肉もひきしまることだろう。

愛は強い。

奈奈子ちゃんは谷村さんのおかげで、二十五キロやせた。六十歳の津村さんは巴里子のおかげで、筋肉質の健康体となった。

美しき五月に

五月になると、ドイツ歌曲「美しき五月に」のメロディーが、どこからとなく聞こえてくるようだ。
私は譜面を取りだしてたどたどしくピアノ伴奏をつけながら Im wunderschönen Monat Mai を歌う。

美しき五月に
すべての蕾がほころびはじめると、
私の心の中に　恋が咲きました
美しき五月に
すべての鳥が歌い出したとき
私はあのひとにうちあけました
私の心のひそかな想いを

この歌はロベルト・シューマン作曲、ハインリッヒ・ハイネ作詞「詩人の恋」十六曲の一曲目に入っている小品である。

「すずらん祭り」「五月のパリ」「リラの花の咲く頃」「バラはあこがれ」と春を歌ったシャンソンは、かぞえきれないほどあるというのに五月となれば私は、いまだに音大の頃習った、この曲を歌いたい。

「美しき五月、いいですね」としんみりするひとは意外に多い。

北陸放送の大プロデューサー、金森千榮子さんも彼女の放送のなかでこの歌を歌ったとき、うっすら涙ぐんだ一人である。

「『Im wunderschönen Monat Mai』の初夏が訪れますね」。ずっとご無沙汰しているのに、五月になると、そんな手紙などを取り交わしたりする。

私の年代に近い人々は、若き日々、詩を愛読したものである。佐藤春夫の「ためいき」を読みかえすのも五月だ。

紀の国の五月なかばは
椎の木のくらき下かげ
うす濁るながれのほとり
野うばらの花のひとむれ

人知れず白くさくなり、
　中略
ふといづこよりともなく君が声す
百合の花の匂いのごとく君が声す

＊

この冬、私はちょっと体調をくずした。

メニエル氏病の発作で倒れた。三叉神経からおこる耳の病気。この発作の話は前から知っていたからあまりショックはうけなかった。

義兄は便所の中で三時間、吐きつづけたと聞いていたし、歌手の菅原洋一さんはステージの上で倒れ、救急車で病院に運ばれた。

その発作が私にも起こるとは、夢にも思っていなかったが、朝、突然、気分がわるくなり、便所にかけこみ、二時間以上、動くこともできず、人も呼べず、籠城した。発作がおさまるとけろりと直ってしまうのが、この病気の特徴なのか。「何だったの、あれは？」といった感じで直ってしまったが、くせになると怖いとおどかされた。いつ、どこで起きるか分からない、気持ちの悪い病気なのである。

「メニエルで」というと「わたしも」「ぼくも」と、同士の多いのにはおどろいた。「疲れすぎですよ」といわれ、たしかに私の年齢にしてはスケジュールがハードなことを反省して、御殿場の山荘で休養することにした。

「石井さんの別荘、御殿場ですって？」いぶかしげに言われることがある。「何で御殿場なんですか？」「御殿場って馬喰《ばくろう》の住んでいる町って感じがするけどね」と不満気にいう人もいた。

御殿場は富士山への登り口。昔は富士山の七合目くらいまで馬で登るひとが多かったから、今でも馬場があるし、時代劇の戦いの撮影には使うことが多いと聞く。

友人の言うように、御殿場というイメージはシックでもおしゃれでもないけれど、大きな富士山が目の前にそびえていて、街中のどの横町からも見えて、東京の家から一時間半でゆける、なかなかよいところなのである。

冬は寒いけれど、空気が澄んで、毎日富士山がくっきり見える。夏は涼しいけれど、富士山はあまり見えない。友人がちょっとばかにするように田舎だから、家を出れば、田圃でおじさんおばさんが働いていて、農家の庭先に季節季節の花が咲き、竹林のあるわらぶき屋根の家の裏庭には、大きな豚が可愛い赤ちゃん豚と寝ころんでいたりするのだ。

「御殿場へ行こう」と言うと、私の家族たち（運転手の津村さんとお手伝いの奈々ちゃん）は大喜びだが、でかけるときは、いささか民族大移動の感がある。

運転手の津村さんは「荷物が多い」とむっとするが、私は着替えの衣類や読みたい本やCDをずっしり、奈々子も負けじとばかりビデオやカセットテープを持ち込む。荷物が多いとぐちる津村さんだって、いまや中型犬となった巴里子さんのほかにも、長期滞在のときはセキセイインコ二羽入りの鳥かごつきである。

出発は、いつも午前十一時ごろ。高速道路はお昼ごろが一番すいているからだ。御殿場インターでおりると、家にゆく前にスーパーマーケット「アオキ」に寄る。アオキのお魚は生きがよく、野菜はとりたてでみずみずしく、値段は東京の三分の一以下である。

アオキでは自家製焼きたてのパンも売っている。目移りしながら私は、お昼ごはん用に、チーズ入りのコッペパン、ハーブ入りのガーリックトースト。奈々子は甘いクリームパン、メロンパンなどを買う。パン売り場のつぎはお弁当コーナー。うな重、天丼、カツ丼、おこわ、おすし、数々のなかで、親子丼はサービスのおばさんが目の前で作ってくれる。

並んでいるおかずの、何とバラエティにとんでいることか。煮物、焼き物、フライ、空揚げ、天ぷら、サラダにグラタン、シチュー。主婦が料理をしなくなった気持ちもわかるような気がしてしまう。

魚屋の前で立ち止まり「何にしましょう?」というものの、何を買うか、おおむね決まっている。小型のハマグリは酒蒸しで食べる。小型のタコとイワシは津村さん用。サンマは奈々子。私は、ふだん手に入れにくいカサゴかメバルなど煮付け用に魚屋さんにさばいてもらう。

「御殿場は沼津に近いから魚貝類もおいしいのよ」と言っていたのだが、よく見たらハマグリは千葉県、タコは茨城県、イワシは愛知県と書いてあったので、以来、口をつぐんでいる。

巴里子さんがいなかった頃は「庵樹」というこぢんまりしたレストランで昼食をとったものだった。大きな大きな朱塗りの器に盛られたランチが評判だった。多国籍料理というのか、ランチの中味は豚のしょうが焼きとかコロッケなど。津村さんはスパゲティボンゴレ、奈々子は洋風おじや、私は、ご主人でシェフの作る鳥のオレンジソースをよく注文した。変わった料理「だちょうのステーキ」というのもメニューにのっていた。

御殿場でたべる楽しみの味は、駅前の老舗「妙見ずし」の押しずし。鯖ずしは関さばを、うなぎずしは焼津のうなぎを使っている。うなぎずしは食べる前にちょっとレンジで温めるとさらにおいしく、もう幸せ一杯になる。

御殿場のハム、ベーコンは雑誌で取り上げられているが、私は「肉の石川」の「やき豚」がいちばん好きだ。焼きたてで手にとるとまだ熱いのを、薄切りにして食べる味は最高だ。

「パンの木」の自家製メープルジャム。メープルシロップと同じしゃれた匂いの珍しいジャムで、薄く焼いたトーストと食べるとき、カナダの紅葉が目に浮かぶ。

御殿場の家に着くと巴里子さんは、庭の中をかけずりまわって喜んでいる。野性にかえるのか、いつも黙っているのにワンワンと吠える。お姫様だと思っているのに、そのどすのきいた野太い声にがっかりする。

二羽のセキセイインコはベランダでギィギィと変な声で鳴いている。見栄えのしない鳥で、頭がはげている。「どうしたの、この頭？」「パリ子がなめたら、はげてしまったんですよ」と津村さん。可哀そうに、このインコは巴里子がこわくて神経はげになったのだろう。

御殿場にゆくと私は、毎日、散歩にでる。おいしい空気のなかを歩いて行くと、冬はふきのとうが芽をだしている。春先の竹林は、筍がうんざりするほど頭をもたげている。

「何本でも持っていらっしゃい」といただいてきた掘りたての筍は、柔らかく、ほのかに甘く、筍が大好きだった母を思い出す。

家のまわりにはツクシがいっぱいでてくる。ツクシの卵とじが食べたくて、指を真っ黒にしながらハカマを取る。庭や道端でつんだ野生の蕗《ふき》、みょうがも食卓にのる。

＊

日本の食べ物は、なんと季節感にあふれていることかを、しみじみ感謝していたら、ふと、アスパラガス、そら豆、グリンピースの山積みが目に浮かんだ。そうだ、春ともなれば、パリの市場や八百屋には、白い大きいアスパラガスが、これみよがしに山積みにされる。

はじめて見たとき、それが何かわからなかった。なぜならアスパラガスといえばカンヅメしか食べたことがなかったので、クリーム色がかった、直径三センチ、長さ二、三十センチもあるウドのようなものが、アスパラガスとは思えなかったからである。

一山いくらという安いアスパラガスは、ゆでて皮をむき、まだ温かいうちにオランデーズソースをかけて食べるのが一番だと思うが、オランデーズソースは作り方がむずかしいから、ヴィネグレットソースかマヨネーズで我慢する。フランス人たちは、お皿からはみ出そうな大きいアスパラガスを、十本くらいは平気で食べてしまう。

山積みの皮つきのそら豆をパリの市場でみつけたときは、あまりのうれしさに、袋一杯買って、「馬にでも食べさせるの？」と、店のおばさんにからかわれた。

考えてみると、フランスでそら豆料理が出てきたのを見たことはなかったような気がする。隣国のイタリアはそら豆料理が大好きなのにおかしなことだ。そら豆の皮をはいでゆでて食べたら、日本のそら豆と同じ味がしたのに感激した思い出がある。

青豆《グリンピース》、フランス語でプティプワと可愛い名前がついているが、プティプワフィン、小型グリンピースはさらに味がデリケートでこくもある。

プティプワのテリーヌ、ベーコンや玉ねぎとの煮込み、ポタージュスープといろいろに使われるが、私は莢から取りだした小さい豆を、ぐらぐらとゆでて柔らかくなったらスープ皿にとりだし、まだ熱いうちに塩こしょうをふりかけ、バタとまぜるだけで食べるのが一番好きだ。バタでなくオリーブ油でもよい。チーズの粉をかけても素敵だ。

＊

ハードなスケジュールだとつぶやきつつも、ちゃんと休みをとり、そのあげくに、二月は友人を訪ねて沖縄へ行った。

寒いときは暖かいところに限るなどといって旅立ったのに、石垣島に三日間滞在中は、朝から晩まで、しとしと雨が降った。

私は、雨女なのである。

Tシャツや水着など持っていったのにセーターの重ね着、たまたま持っていたホカロンを下着に張りつけて寒さをしのぐ有り様だった。

那覇にいったらやっと晴れた。

沖縄にはじめていったのは、復帰前の一九六四年。円地文子先生、そのころまだ小説家だった石原慎太郎氏、それに「巴里の空の下オムレツのにおいは流れる」で日本エッセイスト賞をいただいたばかりの私が参加した、婦人公論主催の文化講演だった。

その後、沖縄とは縁があって、同じ年には沖縄音協に招かれ、リサイタルを開いた。そのころの沖縄は、まだ戦争の傷跡がしっかりと残っていた。

ピアノ伴奏者で作曲家の寺島尚彦さんと、摩文仁《まぶに》の丘に立ちよった。戦跡を案内してくれたひとが、「あなた方の歩いている土の中に、まだたくさんの戦没者の遺骨が埋まったままになっています」という言葉。私たちの頭上を吹きぬける風の音に、寺島さんは戦没者たちの怒号と嗚咽を聞いたという。そして作られた歌が、ざわわ、ざわわ、ざわわ、と始まる「さとうきび畑」であった。

その後も、何度沖縄へ行ったか、数えきれない。渋谷にあったジァンジァンの姉妹店があったからでもあり、円地先生に紹介していただいた照屋敏子さんに会うためでもあった。

「沖縄一の女傑」「海の女王」といわれた照屋敏子さんは、敗戦直後は、貧しい沖縄の人々のために漁業界のボス的存在として活躍し、その後は、エビ、ウミガメの養殖、メロン、マッシュルームの輸出に孤軍奮闘した、まれにみる、強く激しい女性であった。

「狭苦しいジァンジァンなどで歌わんと、糸満の海に筏を浮かせてやるから、その上で陸に向かって、歌ってきかせるんじゃ」。考えも発想も大きい方だったが、ガンにおかされて、あっけなく死んでしまった。

那覇ではちょうど、サクラ祭りの最中だった。マガジンハウスに勤めていた旧友の宮里光夫さんは、定年退職のあと、故郷の那覇に住むようになった。

彼の甥の粟国正秀さんの運転で八重岳へカンヒザクラを見にいった。沖縄のサクラは日本のよりピンクが濃くて、ちょっと梅に似ていた。

駐車場の近くにはたくさんの屋台が店を開いていた。その一軒に「山羊汁」と書いた紙がはられているのを見て、そうだ、沖縄では山羊を食べるのだということを思いだした。

昔はどこに行っても「山羊」と書いた店があった。「山羊の店」「山羊鍋」そして「山羊汁」。看板を見るたびに私は、「山羊ってどんな味なのでしょう」「一度、食べてみたいな」と、かならず言った。そして、かならず「まず、お口に合いませんよ、ギトギト、脂が浮いていて、わたしもよう食べません」という答えが返ってきた。

私があえて食べるとがんばらなかったのは、「もし、食べられなくて、お店のひとに恥をかかせたら悪い」と考えたからであった。でもしかし、私は豚の耳だって鼻だって、もちろん足だって食べるし、牛の脳みそだって好物なのだから、山羊も大丈夫なのではないか、という思いが心に残った。

「山羊汁、私、たべるわ」と言ったとき、宮里さんも粟国さんもびっくりした。宮里さんは「え？　本気？　僕だって食べたことないのだから、やめといたほうがいいんじゃない？」と言った。

「ずーっと食べたいと思っていたのだから、ここなら残しても叱られそうもないし、試してみるわ」と私は答えた。

栗国さんは「山羊ってけっこうおいしいものですよ」と言ってくれたので、私は屋台のテーブルを前に座って、待望の山羊汁を待った。

それは小さいグラタン皿風の器に入って、ほかほかと湯気をたてて出てきた。羊よりも優しい匂いだった。たしかに上澄みのところはギトーッと脂が浮いていた。しかし、そのギトーッをかきわけて、肉の一片を取りだすと、それは小型オクステールのごとく骨つきで、しゃぶりつくと柔らかいおいしい肉がそげてくる。デリケートな得《え》も言われぬ味だった。

「おいしい！　これは大したものだわ。いままで食べないで損をしてしまった」。小さい骨がちょっと可哀そうな気持ちになりながらも、私は全部、たべてしまった。「ウーン、おいしかった。思いがかなった」。沖縄の青い空の下、カンヒザクラを見ながら食べた山羊は心に残るものだった。

翌日、宮里さんから電話があって、「栗国が会うひとごとに、石井さんが山羊汁を食べたって言って歩いているよ。彼がね『石井さん、山羊汁、おいしそうにたべたね、石井さん、沖縄が好きなんだね』っていって、涙ぐんでたよ」というのに、私も涙ぐみそうになった。

そうなのだ、自国のもの、自分たちの食べているものを喜んで食べてもらえることは嬉しいのだ。一緒にたべられることは幸せなのだ。

私はたくさんの外国人と食事をする機会があった。おさしみやおすしを、おいしいおいしいと言って食べる人に、わたしは親近感をいだいて仲良くなった。

和食には目をそむけ、まったく手もつけなかった人々には、「やっぱり異国人だな」という思いをいだかずにいられなかった。

「一人前の歌手になれた」と言いたい

秋の気配がただよう今日このごろ、ほっとしたように「秋になりましたね」と、にっこりする人は、暑い夏が嫌いな人だ。

五十年来、いや六十年以前からの親友だったM子さんは、「薄いウールのセーターに手を通すときの気持ち、秋が身体をとおして感じられる、そんなときが好きよ」といった。

「タヒチにいかない？」と誘ったら、言下に断られた。「陽ざしの強い、ギラギラした暑いところはいやね。スイスかノルウェーならいくわ」と答えた。

私は暑いところへ行きたいのに、M子さんは寒いところへゆきたい。私はセーターを着るとき、「ああ、冬が近づく」と、ゆううつになっているのに、M子さんは喜んでいる。

人間ってそれぞれ違うものなのだな、といつも思った。

秋って淋しいのに、M子さんは秋が好きだという。淋しくないのか、それとも、淋しいと思いたくないのか、今になって聞いてみたくなったが、M子さんは五年前に、死んでしまった。

シャンソンには秋の歌がたくさんある。たいてい、淋しい、悲しい歌だ。

イヴ・モンタンが歌って、日本でもよく知られている「枯葉」。

ジャック・プレヴェールの詩は、

「思い出してほしい　二人が愛し合っていた幸せな日々を……
あのころ人生は　こよなく美しく　太陽も激しく燃えていた
シャベルで集められた枯葉は　私たちの恋の思い出と悔恨
そして北風が　冷たい忘却の夜の中に　運び去る」

と歌っている。

エディ・マルネ作詞の「ソナタ」、

「冷たい霧がおりてきた
あの日から、私の目はいつも涙にぬれている
ジュテーム　ジュテーム（愛してます）
秋が悲しいソナタを声をふるわせて歌っている。

Quel temps fait il à paris
パリのお天気はどんなですか
あなたが去ってから　こちらは灰色の空と海です」

避暑地で生まれた恋。パリに帰ってしまった恋人に問いかけるこのシャンソンも、
私はとても好きで美しいとおもうのだが、M子さんはどう思うだろう。

「センチメンタルはお断りよ」ときっぱり言われそうな気もする。

私のコンサートには、友情の名の下に、かならず来てくれたが、M子さんはシャンソンではなく、オペラファンだった。

私たちは、芸大声楽専科の同級生で、M子さんの専門はイタリーオペラ、私はドイツ歌曲。それなのに私がシャンソン歌手になったのはM子さんのせいなのだ。

ある日曜日の午後、私はM子さんの家に遊びに行った。秋の陽ざしが柔らかく、窓のカーテンが涼風にそよいでいた光景が、いまでも目に浮かぶほど、その日の思い出は強烈であった。

「ちょっと、聞いてみて」

彼女は、SP版のレコードをかけてくれた。

優しい美しいメロディーが流れ、甘い魅惑的な声が心に沁みいった。

私は陶然となった。魂が奪われたような気持ちだった。「何？　これ、どこの歌なの？　もう一度、聞かせて」と、叫ぶ私に、「シャンソンというのよ。フランスの歌よ」M子さんはちょっと得意げに答えた。それはリュシエンヌ・ボワイエが歌った「Parlez-moi d'amour」というシャンソンであった（一九三〇年、ディスク大賞を受賞、十四カ国語に訳され歌われた、国際的にヒットしたシャンソンである）。

M子さんは私より一歳年上で、とても頭のよい才女だった。読書力も驚くほどで、私は彼女の推薦の本ばかり読んでいたし、映画や演劇も「こういうのを見なくちゃダメよ」と連れてゆかれた。試験のときも、分からないところはいつも、写させてもらった（カンニング）。音楽史の先生に、「仲良しのあなた達は、答案の間違えも同じですね」と皮肉られたこともあった。

私はM子さんの子分みたいだったから、さすが親分、シャンソンという素晴らしい歌も見つけてきたのだと、感動した。

M子さんの家を辞したその足で、レコード店に駆け込み「シャンソンのレコードをください」と言った。店員はけげんそうに「それ、何ですか？」という。

「私もいま聞いたばかりなのですけど、フランスの歌です」

彼はまったく分からず、係長みたいな人がでてきて、さんざん探して、やっと一枚「ナントの鐘」というレコードを渡してくれた。

急いで家に帰り、レコードを聞いて、私はあっけにとられた。リュシエンヌ・ボワイエが歌う「聞かせてよ愛の言葉を」は、フランス語のわからない私の心さえ、しっかりと捕らえた美しい歌だったのに、「ナントの鐘」は、単調なメロディをイボンヌ・ジョルジュという、しわがれ声の歌手が、苦しげな大声で、訴えるように歌う。

シャンソンって、気味の悪い、変なものだと思った。

「ナントの鐘」はしまいこんだままだったが、ちょうどそのころ、コロムビア・レコードから、「シャンソン・ド・パリ」というアルバムが発売された。

昭和十五、六年の頃か、アルバムの表紙はフジタ画伯描く「パリの屋根の下」で、やはり気になって買ってきた。

アルバムの中には、前に書いたリュシエンヌ・ボワイエをはじめ、ダミア、ティノ・ロッシ、ジョセフィン・ベーカー、シャルル・トルネ、素晴らしい歌手たちが、それぞれ個性豊かに歌っているのに夢中になった。

昼はドイツ歌曲を勉強しているのに、夜になると、シャンソンばかり聞いていた。

数少ないレコードを繰りかえし繰りかえし聞いているから、ダミアの歌などは、フランス語が分からないのに、暗記して、真似て歌ったりした。

ダミアの暗い悲観的な歌に聞き入っていたとき、ふと、「ナントの鐘」を思い出した。

もう一度、聞いてみよう。解説もしっかり読んだ。

その歌は、塔の上に閉じ込められた、死刑囚の歌だった。死刑囚を見守る女が、アーアーと嘆き悲しんで歌う、塔の上から飛び降りて死んでしまった男を哀れんで、しわがれた切ない声で、絶望的に歌う古謡なのだった。変な聞き苦しい歌と思ったのに、じっと聞いていたら、胸にせまるものがあった。

「ナントの鐘（Les cloches de Nante）」というシャンソンを理解するのに、長い時間がかかった。

＊

戦後、クラシック歌手をあきらめポピュラー歌手となり、やがてシャンソン歌手となったのは、「聞かせてよ愛の言葉を」を聞いてから十年後のことであった。

チャンスにめぐまれ、一九五一年パリへ渡り、シャンソン歌手としてデビューしたおかげで、私は、かつてレコードで聞いた歌手たちと親しく会える身となった。

モンマルトルの丘にリュシエンヌ・ボワイエが、ナイトクラブ「シェ・リュシエンヌ」を開いた。オープニングの夜、ダミアにさそわれて出かけていった。ダミアもリュシエンヌも、そのころ、六十代だっただろうか。

ダミアは声も姿もおとろえていなかったが、リュシエンヌは甘い声を無くし、美しい人だったのに、うんと太ってしまった。その店は、シャンソン界にデビューした一人娘、ジャックリン・ボワイエのために開いたようだった。

シャンデリアの輝くテーブルをかこんで、三人でシャンペンを飲んだ。私は不思議な気持ちになった。毎晩毎晩、欠かさずに聞いていたレコード、その歌手二人と一緒のテーブルに座っている。これは何ということなのか。まるで夢のなかのことのようだと思われたからである。

イベット・ジロー、ジャン・サブロンとも、よく出歩き、よく食事をした。二人とも料理がうまく、手料理で招いてくれたこともおおかった。

ジョセフィン・ベーカーは太るのを恐れて、ゼリーばかり食べた。

シャルル・トルネは、来日したとき、魚を食べて大騒ぎをした。焼き鳥を、おいしいおいしいと喜んで食べたのに、お吸い物のなかに入っていたはんぺんが魚でできていると知って、怒りだしたのだった。

「魚（プワソン）は私のからだに毒（プワゾン）なのだ。よくも毒を食わせたな」という。プワソンとプワゾンという言葉をかけて怒ったところはさすが詩人とも思えたが、その騒ぎ方は、ジャン・コクトーが彼を称して「歌う狂人」と名づけたことも、うなずけるような迫力だった。

＊

歌手には食いしん坊が多いといわれる。「我らのテナー」と愛された藤原歌劇団の創始者、藤原義江さんは、毎晩、新橋駅前の「小川軒」（現在は代官山）で夕食をとっていた。そして、先代の小川順さんに、おいしいものを作ってもらうだけではなく、二人で考え出して、フジワラ・ステーキをメニュウにのせたりした。

ステーキの上に、炒めた玉ねぎ、マッシュルーム、茸、ピクルスを、ドミグラスソースで三日間煮つめたデュクセルソースをかけたのが、フジワラ・ステーキで、今も小川軒のメニュウにのっているそうだ。これは藤原氏がシャリアピン・ステーキをまねたのだと思う。

ロシア最高の歌手、シャリアピンが来日して帝国ホテルに泊まったとき、コック長に頼んで作らせた、シャリアピン・ステーキ。それは、牛肉のうえに、みじんぎりの玉ねぎをたっぷりのせ、一日おいてからステーキを焼き、玉ねぎをよくいためて、その上にのせる。肉が柔らかくなって、とてもおいしいステーキで、帝国ホテルご自慢の料理であった。

私の若かった頃、シャリアピン・ステーキ、それともう一つ、ピーチ・メルバが流行りだった。メルバというソプラノ歌手のために、たしかフランスのシェフ、エスコフィエが作ったと聞いたが、アイスクリームの上に桃（煮たものか、缶詰の黄色い桃）がのり、まわりをホイップド・クリームで飾ってあった。

今ではたいしたものではない、と思われそうだが、昭和の初めころ、ピーチ・メルバはしゃれたデザートで、シャリアピン・ステーキはすばらしいご馳走で、フジワラ・ステーキも、一度は食べてみたい、憧れの一品であった。小川軒二代目のご主人が、「フジワラ・ステーキと言っても、フジワラさんを知らない人が多くなって」と嘆いた。

「シャリアピン・ステーキは、まだメニュウにのっていますか」と、帝国ホテルの犬丸一郎さんに聞いたら、「上等な赤身のランプ肉が手に入ったときだけ出しますね」という返事だった。

シャリアピンもメルバも、遠い人になったが、現在、私の知っている限りでは、一軒、レストラン「シェ・イノ」が、マリヤ・カラスをしのんだ料理をだしている。カラスは全盛のころ、パリのレストラン、マキシムで、よく食事をしたそうだ。たまたま、マキシムで修業をしていた井上旭さんは、帰国後「シェ・イノ」を開いた。そのころ日本人は、あまり羊を食べなかったので、羊好きだったカラスのことを思い出し、苦心の末に作りだしたのが、肉の中心にトリュフとフォワグラ、デュクセル（野菜）を入れて、パイで包んだ「子羊のパイ包み焼き、〈マリヤ・カラス〉」。この料理は、いまも「シェ・イノ」のスペシャリテとして、メニュウを飾っている。

＊

八十歳にもなれば、たくさんの親しかった近くにいた人が、遠い人になってしまう。九月二十日は父の命日、二十五日は姉の命日である。「しのぶ会」というのもよくあるが、しのぶ人も今や少ないのだから、弟たち夫婦と私の五人、昨年の法事のあと作ったのと同じメニュウで、父と姉、そして亡くなった祖母や母をしのぶことにしている。

弟の公一郎は、ときどき「あのひさご亭のメニュウ、しゃれてたね、もう一度、食べてみたいな」と言った。

祖母は、お墓参りによく行ったが、年に一、二回は、母と孫たちにも、お参りをさせた。お墓参りだけでは嫌われると思ったのか、かならず「ひさご亭」という洋食屋に連れて行ってくれた。和風の一軒家、畳敷きの家なのに、洋食が出た。

「メニュウ、覚えているよ。コーンスープ、それからステーキが出て、最後はカレーライスだった」と、公一郎がいうのに、「ステーキは柔らかいフィレステーキだったね、そして、横にフライドポテト、赤かぶが一個、のってた」と、下の弟、大二郎が応じた。

去年の法事は、そのとおりに作ってみた。コーンスープは合格、フィレステーキの横に、私は丸く皮をむいたじゃがいもを二個、二つ切りにして、揚げて出した。

「ポテトは、一個だったような気がするな」

「人参もあったんじゃない？」

「いや、赤かぶ一個だけだよ」

と、記憶料理は、ちょっとまちまちだった。

私たち家族が集まるときは、かならず鳴り物入りだった。

母は三味線がうまかった。公一郎は高いきれいな声で、清元を歌った。父は「音痴太夫」とからかわれながら小唄を一題。私も母から教わった小唄「きゃらの香り」一題、歌うこともあった。大二郎はジャズを歌う。公一郎とデュエットすると、なかなかなもので、歌手の私も負けそうだった。

ピアニストだった姉は、ハッピィ バースデーを、思い入れたっぷりにクラシック風に弾いた。愛の賛歌を弾いてくれるときもあった。

姉が亡くなりピアニストがいなくなったせいか、この数年の集まりは、静かな夕食会である。祖母の思い出、父母、姉の思い出話から腰の痛い話、肩がこる話、「松寿仙（笹や赤松の葉のグリン汁）は、血をきれいにするそうよ」「ビタミンCも必要だね」「朝鮮人参のエキスも悪くないな」。年をとったら漢方薬がよいという話、××病院は待たせるが××病院は応対がよいなど、だんだん老人くさい話になってしまうのに、皆で自嘲する。「老人の話題」と、かつてあざ笑った会話に、今はどうしても行ってしまうからである。

八十歳という年齢は重い。

しかし私は、声の出るかぎりは歌ってゆく決心でいる。

パリ祭は無事に終わった。しかし、十一月四日には、私個人にとって大きい大きい仕事が待っている。

「国際音楽の日」記念コンサート、都響スペシャル「パリの喜び」で、私は八十人のシンフォニーオーケストラと共に歌うことが決まっている。

シンフォニーオーケストラの伴奏でシャンソンを十曲歌うということは、私にとって初めての試みであり、最後の経験ということだろう。

私は、その日が待ち遠しく、また恐ろしく、しっかり練習をつみ、しっかり体調を整えねば、という思いのなかで、毎日を過ごしている。「愛の賛歌」で歌い始め、最後の曲は「かもめ」で閉める。

ダミアが生きていたら何と言ってくれるだろうか。干からびたしわがれ声で「メルド」と言ってカラカラと笑うことだろう。

「メルド」は悪口で「糞」という言葉なのだが、どういうわけかフランスでは、出演者に向かって「メルド」と叫んで、励ますのである。

舞台を前にして上がるのは、私だけではない。ぶるぶる震えているスターが、「メルド」と声をかけられ、肩を押されてまばゆいステージに出て行った姿を、何回、見たことだろうか？

聴衆の前で歌うことは怖いのだ。若いころは気楽に歌っていたものだが、年々ステージはこわくなってくる。

キリスト教の人は十字を切ってでていく。

私は心の中で祈る。亡き父母や夫が守ってくれる。と自分に言い聞かせる。

十一月四日午後三時、昭和女子大学人見記念講堂の幕前に、私は緊張して、ドキドキと波打つ鼓動を聞きながら立っていることだろう。

「かもめ」を歌いおわったとき、初めて我に返り、ダミアの姿を目に浮かべることだろう。

「マリーズ（ダミアの名前）ありがとう、あなたのおかげで、わたしは一人前のシャンソン歌手になれたわ」

そう言える日にしたい。

美味散策

この頃は気軽に入れるおいしいフランスレストランがたくさんできた。今週はそのような店に何回か行った。

某月某日

「エバンタイユ」とは、扇のことである。ご主人でシェフの扇谷さんの名前をとってつけたのだろう。扇谷さんはマキシムで修業した方だが、すべてに真剣に取りくむ気構えのある人物で、その仕事ぶりは、見ていて気もちがよい。

私はいつもクリームあえのかにが入っているクレープから始める。アントレには鴨のオレンジ煮をすすめられるが、私は悪食《あくじき》といわれるかもしれないが、セルベル（牛の脳みそ）のバター焼きを食べる。ふぐの白子のようで、とてもおいしいのだ。

ブドウ酒はつめたくひやしたシャブリの白、赤はボジョレーが好きである。デザートは色々あるが、ボジョレーを飲みながらチーズをいただくほうが、私の趣味にあっている。

某月某日

事務所の近く、といってもだいぶ新橋よりだが、「ナージュ」という店ができた。ちょっと入口が入りにくいが、値段も手頃で、よい料理をだす。前菜に平貝の薄切りをすすめられた。色々な香料がまぶしてあってしゃれた味だった。アントレには魚の紙包み焼きをいただいた。友人が鴨の薄切りグリンペッパーソースを注文したので、一口食べた、両方とも大変おいしかった。

某月某日

友人を昼食に誘い、「何にしましょうか」ときいたら、「あなたの店に行きたい」というので、東宝ツインタワービルの地下二階にある「メゾン・ド・フランス」に行った。十年来開いているレストランで、地下三階にはオムレツシチューの軽食店もある。この店は、「安くおいしく」をモットーとしているから、高級店ではない。ランチタイムは煮こみ料理、サラダ、コーヒーで七百八十円。一品の料理もなるべく千円以内でおさえているが、シェフが色々工夫してくれるので、けっこうおいしく食べさせる。私の友人はここの「仔牛のポピエット」や「仔牛のクリーム煮」が好物である。スープは夏はヴィシスワーズ（冷製のクリームスープ）、冬はオニオングラタンときめているようだ。

私は、自分の店だから試食的に食べざるをえない。しばらくお休みしていた蛙がメニューにのっていたので、試してみた。友人は、「食べたことがないけれど……」と、おそるおそるフォークをのばし、一口食べて、「おいしい」とおかわりをした。

食用蛙を白ブドウ酒とにんにくにつけておいて、粉をまぶしてバターでいためる。味は鳥に似ているが、もっとデリケートで私は好きだ。

某月某日

この週は金沢へ仕事に行ったので、すてきな日本料理も賞味した。

早朝飛行機で羽田を発ち、十一時から講演。終ってから北陸放送にある瓢亭というレストランで、かわったお弁当を食べた。

日本風の器に、和洋折衷の料理がのってでてきた。おみおつけに、ご飯に、おつけもの。お弁当箱の中は、しめさば、鳥ととうもろこしの煮こみ、ローストポークとフルーツサラダ。何だか変な感じだった。

夜は「つるや」でおいしくいただいた。大阪で修業された板前のご主人が目の前で作ってくれる。ぶりはまだ早いので、脂ののっているところだけほんの少し切ってあった。芝えびのお刺身のあとには、焼いた頭をだしてくれた。名物の鴨のじぶ煮、そろそろ温かく懐かしいかぶら蒸し、小さくにぎった小鯛の手まりずし、小さい「せいこがに」、みんなデリケートで、すばらしかった。

「早く雪が降るとよいのにね」

「雪が降ったら雪見酒で一杯、すてきですよ」金沢では日本酒を飲む。加賀料理には、何といってもお酒があう。

翌日は「魅惑の三代歌手、みわくのつどい」と称する音楽会をひらいた。戸川昌子、水森亜土がその日に着いて、午後は練習、夜は音楽会。そして、終演後は「大友楼」という古い歴史のある料亭におよばれした。

書きつくせぬ程のご馳走がでた。「鯛のおから蒸し」これは、金沢独特のお料理だった。越前がにもおいしかった。ぶりの塩焼きも、すでに脂がのりはじめていた。これからは鱈もおいしい。能登でとれる生ガキは大ぶりで、新鮮で、レモンをしぼってつるりと飲むようにしていただく。金沢は食いしん坊にとってすばらしい、ありがたいところなのである。

某月某日

帰宅しても、このところご馳走が多かったので、鍋ものばかり作った。夫は胃腸が弱いので、ふだんでもすべてあっさりめである。焼き魚に大根おろし、湯どうふ、なっとう、じゃが芋と牛肉の煮つけ、大根とあさりの煮つけと、おそうざい中のおそうざいみたいなものを食べている。だから、お鍋を出していれば文句もでない。

かきの土手鍋は最後にうどんを、鱈ちりの最後はおもちを入れる。豚の常夜鍋だと、最後はおじやを作る。そんなような食事が多いので、お客様をするときは、はり切って腕をふるうことになる。この週はメキシコに住んでいる友人が、一時帰国したので自宅に招いた。少し日本的なものをだしたかったので、金沢でいただいてきた巻きぶりの甘酢づけ、板わさをつき出しにした。前日芦ノ湖でわかさぎを釣ったので、これを揚げた。

わかさぎは今年の秋はひどく小ぶりで手ごたえもなく、釣りとしてはあまりおもしろくなかったのだが、から揚げにすると頭からしっぽまでかりかり食べられておいしかった。油を使ったので、ついでにカキフライをした。外国住まい、ホテル住まいをしていると、意外とカキフライは食べ損なうことが多い。「自分で釣って下さったものをご馳走になるなんて、すごくぜいたくだわ」とよろこんでもらった。

最後はサフラン入りの黄色いピラフにした。ピラフだけではさびしいので、クリーム煮の茸のソースを別に添えた。この茸のソースは、このところちょっと凝っていて、なかなか好評なソースなのである。

色々な茸を入れる。生椎茸、しめじ、えのき茸、手に入ればマッシュルームの生など、色々な種類の茸を洗って、生椎茸、マッシュルームは薄切りにする。しめじ、えのき茸は根っこを切る。フライパン又は厚手の鍋にバターをたっぷり入れて茸をいため、塩、胡椒をして、そのあとメリケン粉をふりかけ、更によくいためる。粉がこげかかってきたら牛乳を入れてどろっとのばす。白ブドウ酒の残りがあれば少々入れる。茸入りクリームソースである。ご飯にもあうし、スパゲッティにもよい。

サラダはきゅうりとアボカドにした。

食後のアイスクリームも自分で作った。私の作るのは市販のアイスクリームと違って、シャーベットに近い、しゃりしゃりの口あたりでさっぱり作る。

卵二個をよく泡立てて、その中に砂糖をカップ半杯入れる。レモン一個、オレンジ一個をジュースにしぼり、皮少々はみじん切りにしてその中に入れて更によくかきまぜる。これをボールに入れて冷凍庫に入れ、かたまりかかったらとりだして泡立て器でよくまぜあわせる。これを二、三回くりかえすと、しゃきっとした香りのよい、アイスクリームとシャーベットの中間のようなものができるのです。

こうして、この一週間は誠によく食べました。

うなぎとウイスキー

矢野智子

講演会のため、前日のコンサート会場福岡から大阪へ入る予定が、飛行機が三時間遅れ先生の到着は夜も遅くなっていた。

福岡では取材も入っていたのでお疲れのはずだ。

講演会につくため東京から行った私も、立ち通しでお待ちして、すこし疲れていた。

ホテルの部屋に荷物を納め、加湿器の調節をして、お夕食をどうなさるだろうと思った。この時間なら開いているレストランへ行くより、お部屋で召し上がった方がいいかもしれない。

「お夕食、ルームサービスになさいますか」

ソファにくつろいでいる先生にたずねると、

「部屋ににおいがこもるから、いやよ」

とおっしゃって立ち上がり、冷蔵庫からウイスキーを出された。グラスをふたつ。

濃いめの水割りをつくってくださった。

「どうぞ」

私はウイスキーが苦手で「どうしよう」と一瞬まよったけれど、先生がつくってくださったのだから……と、受け取った。

口をつけると、ウイスキーがふわっとかおり、のどを過ぎていく。嫌いだったはずなのに不思議に美味しくて、ウイスキーがからだを通り抜けたそばから、一口ごとに緊張も疲れもほどけるようにとけていく。

「ウイスキーって元気になるのですね」と声がでた。先生は

「疲れているときに強いお酒を入れると、よみがえるのよ」

と笑いながらおっしゃった。

食事に向かう廊下をご一緒に歩きながら、すべてをこうやって乗り越えていらしたのだと、著書でしか知らない時代の先生が近くなったような気がした。

この日は薄いカツレツとサラダを召し上がって赤ワインを飲み、疲れを先生に見抜かれてしまって、気づかわれて、と恥じ入った気持ちがあった私も、お

なかに食べ物が入りワインで身体があたたまると、気持ちが明るくなって先生との食事が楽しめた。

翌朝、階が違う私の部屋に先生から電話がかかってきた。

「このホテルには竹葉亭が入っているはず。お昼の予約を入れておいてね」

承知して電話を切った後、「すごいなあ。うなぎはお好きだけれど、本当にタフだ」とすこしおかしくなった。

先生はゆっくり目に朝昼をかねた食事をなさるから、一日の始まりの食事のリクエストだ。大阪でもウナギは江戸前がいいのかな。

先生のお好きなもの。

とけるようなしたざわり。お肉もお魚も、きちんと脂がのって、ぷるんとしたもの。お魚なら身のおなかの方。私は身のしまった魚が好きだったので、サンマなど一本を分け合うときはしっぽを喜んでいただいて、「つまらない人ね」と言われた。

野菜もよくよく煮る。ムースやスフレ、笹にはさまれたやわらかな京都のれんこん菓子は大好きだった。薄かったら、かりかりや、ぱりぱりもお好き。

台をトルティーヤにしたピザや、老舗の海苔店の、海苔が覆うように一巻きされた、薄いちいさな短冊のおせんべい。食感は楽しまれたけれど、かみしめるより、口の中で容易にくずれて味わえるものがお好きだったなと思う。

うな丼を召し上がりながら壁の短冊に気がつき、「筏《いかだ》があるんですって。こっちにすればよかった」とおっしゃった。

私は、今度先生にうなぎ屋さんの予約をいいつかったら、おひるまでも筏があるか、頼めるか、必ずお店に訊ねようと決心した。

普段はつい忘れてしまうけれど、年齢を考えると本当にお忙がしくしていらした。疲れているときも、お好きなパワーになるものを食べてのりきる、これが先生の対応法。

食べ方にムラのあった私はよく言われた。

「食べないとだめよ。食べない人は弱いわ」と。

先生は二〇〇八年の術後、長くわずらい、召し上がれなくなって、たいそうやせた。

あるとき手鏡をご覧になって「だめだ」と思ったのよ。とおっしゃり、一時にたくさん食べられなくても、時間をおけば口に入るからと、小鳥のような食べ方で食べる努力を始められた。

夜目覚めたときでも、人の手を煩《わずら》わせずに口に入れられるよう、ちいさなサンドイッチやクッキーなどを枕元におかれた。

すこしづつ体力がつき、術部を動かさないように安静にしていたので、弱り切っていた足腰を整えるリハビリは、ステージングを意識したものになった。

もと石井音楽事務所の歌手を中心に開催していた、NHKホールでのパリ祭コンサートの季節が近づいていた。

染めるのをやめてプラチナ色になった髪に合うように、シルバーの衣装を用意したけれど、ご挨拶だけになった。

舞台の中央に進み、「今年は歌えなくてごめんなさい」とお客様にお詫びをして、迎えにきた若手の歌手のエスコートを受けてはける途中、袖に入るほんのすこしまえ、客席に向かって「チャオ」というような、軽やかな感じで手をふられた。

先生の格好よさは、出会ってから見送るまで変わらない。潔いまでの決断力と、その結果に責任を持ち受け入れる。まわりをすべて幸せにできない、満足させられない結果であっても最善を尽くす。それがあたりまえのことかのように、自然に。

　そして、現実はいつも把握していらした。


　先生を送り、事務所の整理がついたあと、生活用品を通信販売している小さな会社にしばらく在籍した。休刊していたカタログをまた発行することになり、担当になった。

　暮しの手帖社の関連会社だったので、カタログの表紙は花森安治氏のイラストをとデザイナーさんからの提案で、一九五〇年代から一九六〇年代を超えたくらいまで、一世紀から二世紀前半の『暮しの手帖』からイラストをピックアップしているとき、先生をみつけた。

『巴里の空の下オムレツのにおいは流れる』『東京の空の下オムレツのにおいは流れる』のオンタイムの連載。書籍には使用されていない花森氏のビビッドなイラストに、手帖誌が独自で撮ったものや、高田《たかた》美《よし》さん撮影の初めて見る写真が載っていて、こんな先生もいらしたのねとため息が出た。

先生の写真は、お母様に抱かれている生まれて間もない頃から、膨大な枚数が事務所にあり、私も、歴代の秘書も懸命に整理をした。

外に出す写真は、すべて先生ご自身で選ばれたので、知らない写真を見ると、どきっとする。「これを持ってきてっていわれたらどうしよう」

たとえば、「雪のお姫様の写真を持ってきて」と言われたら、パリレビュー北欧のシーンの、正面、斜め、マヌカンがペンギンになっているパターンと何種類かお見せする。素早く出さなければならない。先生は非常に気短だ。

これはまだ楽な簡単な方で、コンピューターに整理し始めたけれど、先生の望むスピードには追いつかない。今 iPad を使うたびに、これがあれば先生も私たちも、どんなに楽だったろうとしみじみ思う。

まえに『巴里の空の下オムレツのにおいは流れる』の執筆時の話になったとき、大変だったですか、とたずねた私に、

「楽しく書いていたのよ。花森さんもお優しかった。一度だけ送った原稿を、これはいけない、とおっしゃって、別のものを書き直したけれど。それくらいかしら」

と言われた。

書き直したのはどの章だったのだろう。

カタログには本も載せた。掲載する本を選んでいるとき串田孫一氏の鳥と花のエッセイと会った。鳥と花のことだけしか書かれていないのに、読みながら思い浮かぶのは出会った人々のことだ。きっとこの本を読まれるおひとりおひとりに、思いをはせる方がいらっしゃるだろう。「ご家族やお友だち、あなたのそばにいた人、すれ違った人、きびしかった人、優しかった人が思い起こされる」とテキストを書いた。

私にとって深く思われたのは先生のことだ。

純粋な、思っていることを口にしなければ気が済まない方だったから、まわりはたいそうしかられた。

でも、時間がたち、言い過ぎたと思われたときは、その気持ちも伝えられる。たとえば、おっしゃっていることは正しいのだけれど、逃げ場のない問い詰められ方に、「もう無理です」と席を立って事務所に引きこもった私に、「よく夫に言われたわ。そんな言い方をしていると誰もまわりにいなくなるよって」

と伝えに来る。ちょっとだけ「先生、土井様にそんなにおっしゃられて、おかわいそう」と思ってしまう。

舞台に立つ前は、周囲がぴりぴりするほど緊張なさるから、コンサートの楽屋まわりは神経をすり減らす。リサイタルの最後の曲は必ず「二人の恋人」だから、楽《らく》の日、舞台袖で前奏が聞こえはじめると、コンサートが無事に終わる安堵と、通常の先生にもどるねという思いで、付き人のMさんと私は心底ほっとして抱き合ってしまう。

帰りの車にお送りする道すがら、先生はMさんに「あなたが本当に一所懸命になれる人は、私だけだと思うわ」と声をかける。

Mさんは若い頃、石井音楽事務所に所属していた歌手で、結婚後オーストラリアに移住し、現地でご主人を突然なくされた方だ。戻ってしばらくして、先生の付き人になった。

飴《あめ》と鞭《むち》という人もいたが、違うような気がする。怒るときも、声をかけるときも本気なのだ。心にあることしか口になさらない。

たいてい叱られるときは、本当のことを言い当てられている。良く見せようとか、かしこぶっている物言い、動作、言い訳。

「私心はないか。誠意はあるのか。相手の立場を考えているか。自分で考えて正しいと思っているのか、自分にも相手にも過度な無理をしていないか」

また、「見せなくてもいい弱みをさらけ出すのは、おろかだ」ともおっしゃった。

すこしのほころびも見逃さなかった。

するどい言葉がとんでくるときは、びくっとするけれど、素直に平らな気持ちになって考えると「ああ、叱られてもしょうがないな」と思う。そしてそう思ったことはなぜか先生に伝わる。「それはそうだけれど」と思うのも伝わる。

きちんと整理された言葉で「これはこうではないでしょうか」とお伝えすると、納得してくださったり、一緒に考えてくださる。神田の生まれとおっしゃっていたとおり、伸びやかな方だ。こちらが本当に反省していることや、言い分を納得されたことは、決して引きずらなかった。

でも、どうしてそんなに怒っていらっしゃるか分からないこともあった。そのときは、「分からない」と気持ちを切り捨てて、心に距離を置くしかない。

今振り返ると、その事象に対して怒っているのではない。そうなる過程で、先生ご自身が納得できなかったこと。つらいことや、立場、気持ちを「あなたはわからないの」と訴えていらしたのかと思う。

神経の細やかな方だった。口に出さなくても「ここはわかりません」と先生の気持ちをひもとくことを投げ出した私に、すこし悲しい思いをされていたかもしれない。

今も疲れ切って帰った夜、濃いめの水割りをつくり、飲んでみる。グラスを口につけるとウイスキーがかおり「よみがえるのよ」と先生の声が聞こえてきて、胸がぎゅっと押されるような気持ちになるけれど、飲み干す頃には、和《やわ》らいだ、ほの明るい気持ちになって、「明日もがんばってみますね」とつぶやいている。


（石井好子・秘書）

解説　美しい獣になるための入門書

猫沢エミ

2015年、11月。パリで同時多発テロ事件がおきた。奇《く》しくもその2日前に取材のため現地入りしていた私のもとへ、パリ生活の大先輩である石井好子さんのご著書解説原稿の依頼が舞い込んだ。石井さんも体験された陸続きの大国フランスならではの、振れ幅の広い混沌とした空気が流れるパリで、彼女について思いを巡らす機会を与えられたことに、不思議な縁を感じずにはおれなかった。石井さんのシャンソン歌手という側面、食いしんぼうで食のエッセイも著書多数であること、そして何より女ひとりで海外の様々な場所へ赴《おもむ》き、自身の人生を切り開いてこられた経歴など私自身のこれまでと重なる部分も多く、当然、石井さんに対する憧れに似たシンパシーは以前から並々ならぬものがあった。

石井さんがアメリカを経てフランスへ渡ったのは29歳のとき。本場のシャンソンを学びたいという、強い思いを抱いて海外へ向かった心境は、32歳で渡仏を決意し、ミユージシャン及びエッセイストとして日本で積んだ小さなキャリアを捨ててパリへ向かった私にも、おこがましいがとてもよくわかる。生まれた国だけにずっと居続けて、世界を知らずに歳を重ねれば、自分のなかの何かが終わってしまうという本能的な危機感。けれど、音楽業にしろ文筆業にしろ、当時の私には小さくともそれなりの仕事があって、何不自由ない生活を捨ててまで単身パリへ行くことに、多くの友人たちは驚いた顔を見せた。石井さんは立派なご親族を持つ深窓の令嬢だったにもかかわらず、平坦な人生を選ばず背中に背負った勇気という鎌ひとつで、獣道を切り開きながら進まれた方だ。恵まれた環境の下にいるからこそ、そこをあえて脱する強い意志に私は深く共感を覚えている。

ところで私がパリへ渡った2002年と比べて、石井さんが渡仏された1951年は、まだまだ海外渡航が一部の人々のものだった戦後間もない激動の時代である。『人生はこよなく美しく』は、そんな時代に自身と世界への果敢なチャレンジを繰り返したある日本女性の「食」「異文化」「美意識」という3つの視点がバランスよくまとまった、「石井好子の入門書」としてこれ以上ない良書である。長い海外生活を経たのち、帰国した日本で彼女をまた一段と有名にしたのは『巴里の空の下オムレツのにおいは流れる』だったから、「食」の側面から石井さんを知り、彼女をエッセイストとして捉えている方も多いだろう。また、音楽好きの方ならばパリ・モンマルトルの老舗キャバレー「ナチュリスト」の舞台で365日休まず歌い続けた日本シャンソン界の草分けとしての石井さん……という風に、入り口がどこにあったかで石井さんの文化的な立ち位置がすこし変わるように思う。しかし、この本のように彼女の主軸をなす3つの要素を同時に見れば、アウトプットの形をいくら変えようとも、ナイフのように鋭く雑味のない審美眼が共通して貫かれていることがよくわかる。

石井さんはどんな国に暮らしても、まずはよく食べる。私は食を軽《かろ》んじる人をあまり信用できない。食べる、という生き物の根源的な営みのなかにこそ、その人の生きる姿勢がぜんぶあらわれてしまうと思うから。食に限らず心惹かれたものを己のなかへと取り込む行為は「食べること」だと私は考える。その食べ方にセンスがあるかどうかは、生きる基本となる食事への姿勢が端的に示唆していると思うのだ。その点、石井さんは心から信用するに足るお方だ。そして、何かを食する石井さんを思い浮かべるとき、そこには一匹の貪欲な獣の姿があらわれる。力強い声で人生の悲哀や喜びを歌い、食物だけでなく、異文化と新しい知識を貪《むさぼ》るように食べ、咀嚼《そしゃく》し、自身の心と身体の一部へ転換する美しい学びの獣。そして石井さんが取り込んだすべてのものは、彼女の血肉となる過程で、輝くような審美眼へと形を変える。かっこたる意志と揺るぎない審美眼をもった動物的なひとりの女性。現代のようにインターネットもまだない時代、遠隔で入手できる情報が最低限だったあの時代に、動物的なカンだけを頼りに鮮烈な孤独と手をつないで自身を磨き抜いたひとりの日本人女性、それが石井好子さんであると私は思う。

この本のひとつめのカテゴリーで、石井さんが様々なお宅へ出かけて行き、当時はまだ今ほど一般的ではなかった西洋料理を中心に、それらがどう日本の食卓に取り入れられているのかを詳細なレシピと共にリポートしている。私の母世代の人々が憧れた世界の広々とした舌と匂い。今では日本人ほど世界のあらゆる料理を日常の食卓でごく普通に食べている民族はいないと思うのだが、その礎《いしずえ》を築いたうちのお一人は紛れもなく石井さんではないだろうか。ただ料理を紹介するだけでなく、心豊かな生活のアイディアとも言うべき斬新な視点があったからこそ、彼女の料理にまつわるエッセイは時代を超えて今もなお、たくさんの人々に支持されているのだと思う。海外居住の先駆者として石井さんが切り開いた道を追随する私のような世代の方はもちろんのこと、この本を手にとった若い方々が、日本における、文化の多様化の黎明期ともいえるこの時代に書かれたきらりと光る美しい視点を、現代日本人の感性そのままに汲み取ってくださったら、時を超えた素晴らしい相乗効果が得られるのではないだろうか。
パリのアパルトマンで石井さんの軌跡をたどりながら、私はフライパンにバターをひとさじ落とし込み、じゅっと焼け溶けるか否かのタイミングでほぐした卵を3つぶん流し込む。「どんなときもしっかり食べなきゃダメよ。自分を甘やかしてはダメ」。お会いしたこともない石井さんの声がオムレツのにおいと共に、パリの空の下に流れていった。

（ミュージシャン、文筆家、『ボンズール・ジャポン』編集長）

初出一覧

*何でものせて食べるパンケーキ　「ミセス」1975年1月号　文化出版局
*島津忠彦氏のうずら料理　「ミセス」1975年2月号　文化出版局
*実質的で上等な財部式料理　「ミセス」1975年3月号　文化出版局
*進藤社長のコック・オ・バン　「ミセス」1975年4月号　文化出版局
*手打ちのパスタ　「ミセス」1975年5月号　文化出版局
*富士の見える食卓で　「ミセス」1975年6月号　文化出版局
*おつまみ風料理　「ミセス」1975年7月号　文化出版局
*黒田初子さんのピクニック料理　「ミセス」1975年8月号　文化出版局
*益田さんのボリューム料理　「ミセス」1975年9月号　文化出版局
*プリム氏の豪華なメニュー　「ミセス」1975年10月号　文化出版局
*母娘で作る料理　「ミセス」1975年11月号　文化出版局
*五十嵐喜芳さんのイタリア料理　「ミセス」1975年12月号　文化出版局
*懐かしいパリの街、人　「サンケイ新聞」1977年8月20日付
*パリ祭　『絵会話・仏快話』1999年3月　ピジョン企画出版社
*Dream　不明
*黒を着るひと　「ハイミセス」1985年夏号　文化出版局
*ジョワイヨー・ノエル　「an an」1978年1月5日号　マガジンハウス
*モンマルトルの東洋人　「an an」1978年2月5日号　マガジンハウス
*ドル・オペラの歌い手　「an an」1978年3月5日号　マガジンハウス
*M夫人の背中　「an an」1978年4月5日号　マガジンハウス
*遙かなりアルゼンチン　「an an」1978年4月20日号　マガジンハウス
*この人とおしゃれ　「資生堂チェインストア」1965年1月号〜12月号　資生堂
*私の家族　「暮しの手帖」2002年2・3月号　暮しの手帖社
*美しき五月に　「暮しの手帖」2002年6・7月号　暮しの手帖社
*「一人前の歌手になれた」と言いたい　「暮しの手帖」2002年10・11月号　暮しの手帖社
*美味散策　「ウーマン」1979年2月号　講談社

写真＝石橋重幸（11頁）、岩田弘行（21、29、39、47、55、63、71、79、87、97、105頁）

掲載元は可能な限り調べましたが、分からないものは不明としました。

書籍化に際し、著作権者の承認を得て、改題、修正を行いました。

文庫化にあたっては、「美味散策」を増補しました。

本書には今日の観点からみると差別的表現ととられかねない箇所がありますが、著者自身に差別的意図はなく、また著者がすでに故人であるという事情に鑑み、原文どおりとしました。（編集部）

*本書は二〇一三年二月に小社から単行本として刊行されたものです。
編集協力　黒澤彩

人生《じんせい》はこよなく美《うつく》しく

二〇一六年二月一〇日　初版印刷
二〇一六年二月二〇日　初版発行

著　者　石井《いしい》好子《よしこ》

発行者　小野寺優
発行所　株式会社河出書房新社
〒一五一‐〇〇五一
東京都渋谷区千駄ヶ谷二‐三二‐二
電話〇三‐三四〇四‐八六一一（編集）
〇三‐三四〇四‐一二〇一（営業）
http://www.kawade.co.jp/

ロゴ・表紙デザイン　粟津潔
本文フォーマット　佐々木暁
本文組版　株式会社創都
印刷・製本　中央精版印刷株式会社

落丁本・乱丁本はおとりかえいたします。
本書のコピー、スキャン、デジタル化等の無断複製は著作権法上での例外を除き禁じられています。本書を代行業者等の第三者に依頼してスキャンやデジタル化することは、いかなる場合も著作権法違反となります。

Printed in Japan　ISBN978-4-309-41440-9

巴里の空の下オムレツのにおいは流れる

石井好子

41093-7

下宿先のマダムが作ったバタたっぷりのオムレツ、レビュの仕事仲間と夜食に食べた熱々のグラティネ——一九五〇年代のパリ暮らしと思い出深い料理の数々を軽やかに歌うように綴った、料理エッセイの元祖。

東京の空の下オムレツのにおいは流れる

石井好子

41099-9

ベストセラーとなった『巴里の空の下オムレツのにおいは流れる』の姉妹篇。大切な家族や友人との食卓、旅などについて、ユーモラスに、洒落っ気たっぷりに描く。

女ひとりの巴里ぐらし

石井好子

41116-3

キャバレー文化華やかな一九五〇年代のパリ、モンマルトルで一年間主役をはった著者の自伝的エッセイ。楽屋での芸人たちの悲喜交々、下町風情の残る街での暮らしぶりを生き生きと綴る。三島由紀夫推薦。

いつも異国の空の下

石井好子

41132-3

パリを拠点にヨーロッパ各地、米国、革命前の狂騒のキューバまで——戦後の占領下に日本を飛び出し、契約書一枚で「世界を三周」、歌い歩いた八年間の移動と闘いの日々の記録。

バタをひとさじ、玉子を3コ

石井好子

41295-5

よく食べよう、よく生きよう——元祖料理エッセイ『巴里の空の下オムレツのにおいは流れる』著者の単行本未収録作を中心とした食エッセイ集。50年代パリ仕込みのエレガンス溢れる、食いしん坊必読の一冊。

私の小さなたからもの

石井好子

41343-3

使い込んだ料理道具、女らしい喜びを与えてくれるコンパクト、旅先での忘れられぬ景色、今は亡き人から貰った言葉——私たちの「たからもの」は無数にある。名手による真に上質でエレガントなエッセイ。

言葉の誕生を科学する

小川洋子／岡ノ谷一夫　41255-9

人間が“言葉”を生み出した謎に、科学はどこまで迫れるのか？　鳥のさえずり、クジラの泣き声……言葉の原型をもとめて人類以前に遡り、人気作家と気鋭の科学者が、言語誕生の瞬間を探る！

大人の東京散歩　「昭和」を探して

鈴木伸子　40986-3

東京のプロがこっそり教える情報がいっぱい詰まった、大人のためのお散歩ガイド。変貌著しい東京に見え隠れする昭和のにおいを探して、今日はどこへ行こう？　昭和の懐かし写真も満載。

表参道のヤッコさん

高橋靖子　41140-8

新しいもの、知らない空気に触れたい——普通の少女が、デヴィッド・ボウイやT・レックスも手がけた日本第一号のフリーランスのスタイリストになるまで！　六十〜七十年代のカルチャー満載。

巴里ひとりある記

高峰秀子　41376-1

1951年、27歳、高峰秀子は突然パリに旅立った。女優から解放され、パリでひとり暮らし、自己を見つめる、エッセイスト誕生を告げる第一作の初文庫化。

まいまいつぶろ

高峰秀子　41361-7

松竹蒲田に子役で入社、オカッパ頭で男役もこなした将来の名優は、何を思い役者人生を送ったか。生涯の傑作「浮雲」に到る、心の内を綴る半生記。

夫婦の散歩道

津村節子　41418-8

夫・吉村昭と歩んだ五十余年。作家として妻として、喜びも悲しみも分かち合った夫婦の歳月、想い出の旅路…。人生の哀歓をたおやかに描く感動のエッセイ。巻末に「自分らしく逝った夫・吉村昭」を収録。

アァルトの椅子と小さな家

堀井和子　41241-2

コルビュジェの家を訪ねてスイスへ。暮らしに溶け込むデザインを探して北欧へ。家庭的な味と雰囲気を求めてフランス田舎町へ——イラスト、写真も手がける人気の著者の、旅のスタイルが満載！

早起きのブレックファースト

堀井和子　41234-4

一日をすっきりとはじめるための朝食、そのテーブルをひき立てる銀のポットやガラスの器、旅先での骨董ハンティング…大好きなものたちが日常を豊かな時間に変える極上のイラスト&フォトエッセイ。

幸田文のマッチ箱

村松友視　40949-8

母の死、父・露伴から受けた厳しい躾。そこから浮かび上がる「渾身」の姿。作家・幸田文はどのように形成されていったのか。その作品と場所を綿密に探りつつ、〈幸田文〉世界の真髄にせまる書き下ろし！

味を追う旅

吉村昭　41258-0

グルメに淫せず、うんちくを語らず、ただ純粋にうまいものを味わう旅。東京下町のなにげない味と、取材旅行で立ち寄った各地のとっておきのおかず。そして酒、つまみ。単行本未収録の文庫化。

パリジェンヌ流　今を楽しむ！自分革命

ドラ・トーザン　46373-5

明日のために今日を我慢しない。常に人生を楽しみ、自分らしくある自由を愛する……そんなフランス人の生き方エッセンスをエピソード豊かに綴るエッセイ集。読むだけで気持ちが自由になり勇気が湧く一冊！

パリジェンヌのパリ20区散歩

ドラ・トーザン　46386-5

生粋パリジェンヌである著者がパリを20区ごとに案内。それぞれの区の個性や魅力を紹介。読むだけでパリジェンヌの大好きなflânerie（フラヌリ・ぶらぶら歩き）気分が味わえる！